# Im Rückspiegel der Erinnerung

**Die Autorin**

Annette Fabry (geb. 1964) beschäftigt sich als Journalistin und freiberufliche Autorin mit den zentralen Themen des Menschseins, Israel und dem Nahen Osten. Hauptberuflich arbeitet sie als Jobcoach für Flüchtlinge und Migranten. Sie hat drei erwachsene Kinder und lebt bei Köln.

Annette Fabry

# Im Rückspiegel der Erinnerung

**Ein Abschied**

*Roman*

Bibliografische Information der Deutschen Nationalbibliothek:
Die Deutsche Nationalbibliothek verzeichnet diese Publikation in der Deutschen Nationalbibliografie; detaillierte bibliografische Daten sind im Internet über http://dnb.dnb.de abrufbar.

© 2019 Annette Fabry

Umschlagfoto: ©Annette Fabry

Herstellung und Verlag: BoD – Books on Demand, Norderstedt

ISBN: 978-3-738631340

# Kaputt

„Pa lag neben mir im Bett und sagte immer wieder 'kaputt', 'kaputt'. Ich meinte zu ihm, er soll besser liegenbleiben, aber er bestand darauf, mir den ersten Kaffee zu bringen. Er suchte nach Worten, manche fielen ihm nicht ein oder er benutzte die falschen, genau wie im Januar, erinnerst du dich?"

Ich lege das Telefon zur Seite und schließe die Schiebetür zum Nachbarbüro. Ma klingt besorgt, aber gefasst. Sorge und Angst vor dem Verlust eines geliebten Menschen haben sie lebenslang begleitet. Sie ist gefasst, denn noch ist es unvorstellbar, dass du ernsthaft krank bist.

„Dann stand er auf. Zuerst hörte ich ihn im Bad und später in der Küche hantieren, aber er kam nicht wieder."

Immer wieder verwundert es mich, wie schlüssig sie mit ihren fast 80 Jahren Sachverhalte erinnern und erzählen kann.

„Ich habe ihn gerufen, er antwortete nicht. Also bin ich aufgestanden und fand ihn vor der Kaffeemaschine; ich glaube, er hatte vergessen, was er da wollte. Und immer wieder sagte er kaputt'."

„Wart ihr beim Arzt?"

„Ja. Ich musste ihn beknien, mit dem Taxi zu Dr. Evers zu fahren. Er sagt, Pa soll noch heute ins Krankenhaus."

„Soll ich kommen?" frage ich.

„Darum wollte ich dich gerade bitten." Sie dämpft ihre Stimme. „Er hält nichts vom Krankenhaus, vielleicht können wir ihn gemeinsam überzeugen."

Als ich auflege, blinkt noch einmal die 02271-14990 im Display meines

Diensttelefons. „Eure Nummer seit ich denken kann", drängt sich mir die triviale Redewendung auf. Aber es stimmt nicht. Der Anschluss meiner Kindheit lautete 3630. Erst seit vor mehr als 40 Jahren die Rufnummern der größeren Gemeinden und Städte fünfstellig wurden, begleitet mich die 14990. Ich kritzelte sie neuen Freunden auf ausgerissene Heftseiten, Taschentücher, Bierdeckel und Handinnenflächen, wählte sie aus gelben Telefonhäuschen und zugigen Fluren. Anstelle der wuchtigen, mausgrauen Telefone mit ihren dicken Wählscheiben traten kleinere mit schwarzen Tasten. Apparate und Tasten wurden im Laufe der Jahre flacher und die Telefonstandorte behaglicher. Irgendwo auf dem Weg vom Ikea-Tisch im Studentenzimmer zum gelaugt-geölten Sekretär im eigenen Haus wurden Telefon und Hörer eins. Eure Telefonnummer blieb konstant. Sie war mein Anker bei Heimweh, den ersten Lieben – erwidert oder unerwidert - und wenn es einmal spät wurde.

*„Pa, kannst du mich abholen? Ich stehe am Horremer Bahnhof und es regnet Eisenbahnschienen", schnell klaube ich noch drei Zehnpfennigstücke aus der Jackentasche, „und der nächste Bus fährt erst in einer Stunde!"*
*„Du armes Kind", spricht es vom anderen Ende der Leitung. Kaum habe ich das gelbe Telefonhäuschen verlassen, erleuchten die Scheinwerfer unseres Audi 100 den Regenvorhang des Bahnhofsvorplatzes.*
*Als wir zuhause sind, lege ich mich vor den Fernseher und du machst mir noch ein „Buppa" - eine familieneigene Wortschöpfung für Butterbrot.*

# Abschied

Auf dem Akazienweg fahre ich an unserem alten Bungalow und den Häusern meiner Kindheitsfreunde vorbei; immer wieder muss ich mir ins Gedächtnis rufen, dass sie wie ich längst erwachsen sind und nicht in der Zeit eingefroren. Ich parke das Auto am Wendehammer vor dem weißen, eurem dritten Haus. Durch die Erkerfenster sehe ich dich weißhaarig am Esstisch sitzen, zum letzten Mal vielleicht, geht es mir durch den Kopf, bevor ich die Handbremse anziehe.

„Dr. Evers sagt, möglicherweise hatte Pa einen leichten Schlaganfall", begrüßt mich Ma. Die große Wirbelsäulenoperation im letzten Sommer hat sie weder von ihren unerträglichen Schmerzen befreit noch zu mehr Mobilität geführt. Im Gegenteil; nun bewegt sie sich auch im Haus am Rollator.

„Er geht ins Krankenhaus", fügt sie hinzu. In ihrer Stimme klingt Erleichterung.

Als ich das Esszimmer betrete, führst du die letzte Gabel Schneidebohneneintopf zum Mund.

„Hallo Engelchen", begrüßt du mich. „Engelchen" und „Liebchen" – irgendwann in meiner frühen Kinderzeit hast du mir diese Kosenamen gegeben. „Liebchen" hat mir immer besser gefallen.

„Mit dem aale Büggel ist nichts mehr los!" Dein Humor hat dich nicht verlassen. Du hörst dich klarer an, als in Mas Schilderungen, aber auch kurz nach Silvester hatten sich die Symptome im Laufe des Tages gebessert.

„Du hast bestimmt noch nichts gegessen! Bevor wir zum Krankenhaus fahren, bekommst du eine Portion Eintopf." Sie legt noch eine Scheibe Bauchspeck und Mettwurst zu den Bohnen. „So viel Zeit muss sein."

„Am besten, wir fahren nach Frechen, dort haben sie ein Stroke-Unit", sage ich. Für den Fall, dass sich deine Symptome wiederholen, habe ich im Januar vorsorglich eine Klinik mit Fachabteilung für Schlaganfallpatienten recherchiert.

Dann verlässt du dein Haus, aufrecht und noch immer groß und stattlich. Du schließt die Tür hinter dir ab. Zum letzten Mal vielleicht; wieder kann ich mich nicht gegen den Gedanken wehren. Die Angst vor Verlust, sie begleitet auch mich.

„Soll ich deine Tasche nehmen?"

„Ich schaffe das schon. Hilf lieber der Ma mit dem Rollator."

Im Auto helfe ich dir, das Gurtschloss zu finden. Beim Anlassen leuchtet die Datumsanzeige rot im Display auf: Mi 08.02.2017.

Zum zweiten Mal an diesem Tag passiere ich den Bungalow, in dem ich meine Kindheit und Jugend verbrachte. Auf Höhe des Hauses, das ihr Ende der Achtzigerjahre an der Leipziger Straße gebaut habt, fasst du dich plötzlich an den Kopf.

„Ich habe die Haftcreme fürs Gebiss vergessen!"

Ich wende den Wagen. Während der Rückfahrt schaust du gebannt aus dem Fenster, als vergewissertest du dich des Weges. Als wiesen die Häuser, Straßen und Einmündungen, Kieselsteinen gleich, den Weg nach Hause.

An keines der drei Häuser hast du selbst Hand angelegt und auch andere handwerkliche Tätigkeiten stets gemieden, schmunzelt es in mir. Mit einer Ausnahme.

# Samstag

*An einem Samstag kurz vor meiner Einschulung, die Anschaffung eines Kaninchens steht schon eine Weile im Raum, bringst du auf dem Rückweg von der Arbeit Maschendraht, Holz und Teerpappe mit. Du verschwindest für einige Stunden im Heizungskeller, wo in alten Schuhkartons und leeren Farbdosen unsortierte Schrauben, Nägel, ein Hammer und auch eine Zange auf ihren Einsatz warten. Am Abend präsentierst du mit der dir eigenen Selbstverständlichkeit („Ich habe schon als Junge Kningställe gebaut") einen nach allen Regeln der Kunst gezimmerten Kaninchenstall. Ein Foto zeigt mich einige Wochen später sitzend vor dem rechteckigen Bau. Darin „Hajo", ein kräftiger, dreifarbiger Rammler, benannt nach einem deiner Kegelbrüder, in dessen braune Augen und schwarzes Resthaar ich mich mit meinen sechs Jahren etwas verguckt hatte.*

*Samstag. Bevor er arbeits- und schulfrei wird, ist er mein Lieblingstag. Ein Tag der Erwartung und Vorfreude. Das Wochenende noch nicht angebrochen, alles ist noch möglich. Hin und wieder begleite ich dich zu deinem kurzen Arbeitstag in die Agep in Horrem, eine Firma, die Lacke zum Bautenschutz herstellt. Während du dich in Akten vertiefst, spiele ich mit meinen mitgebrachten Puppen oder hämmere Buchstaben- und Zahlenreihen in eine ausgemusterte Schreibmaschine. Bevor wir nach Hause fahren, holen wir in der Kantine drei Aluschalen ab. Ich liebe die Überraschung beim Öffnen und den Geruch des dampfenden Essens; fast immer gibt es Fleisch mit einer braunen Sauce darüber, dazu Kartoffelpüree oder Reis mit Bohnen oder Erbsen. Was für ein Abenteuer, aus einer Aluschale zu essen!*

*Samstag, das heißt auch Daktari mit anschließendem Bad in Schaumbergen.*

*Zum Abendessen gibt es manchmal Dosenravioli mit Spiegelei. Ab der Grundschulzeit darf ich länger aufbleiben und mit euch "Am laufenden Band" gucken.*

*"Papa, Rudi Carrell hat ein Kopf wie ein Pferd!"*

*Ma verschwindet immer wieder in der Küche, um den Sonntagsbraten zu begießen, und kehrt mit kleinen Kostproben ins Wohnzimmer zurück.*

*Jahre später, ich bin schon auf dem Gymnasium, finde ich im Geschichtsbuch ein Plakat mit dem Foto eines kleinen Jungen: "Samstags gehört Vati mir". Es hat mich immer an meine Kindersamstage erinnert.*

Unsicher stocherst du mit deinem Schlüssel um das Haustürschloss herum, verpasst es jedes Mal um einige Millimeter, währenddessen ich mühsam auf dem schmalen Grat zwischen Ermutigung und Bloßstellung balanciere. Behutsam nehme ich schließlich den Schlüssel aus deiner Hand.

"Soll ich mit ins Haus kommen?"

"Das schaffe ich alleine." Zielstrebig gehst du ins Bad und kommst wenige Augenblicke später mit der Haftcreme zurück. Wieder passieren wir den Bungalow. Als ihr ihn Ende der Sechzigerjahre als junge Eltern bezogen habt, wart ihr viel jünger als ich heute.

*Wir sind die Ersten im Neubaugebiet, um das Haus herum nur Wiesen und Weiden. An einem Morgen erzählt Ma am Frühstückstisch von ihrem Schreck, als sie sich beim Hochziehen der Rollladen dem neugierigen Blick einer Kuh gegenübersah.*

*"Dann brauche ich ja am nächsten Wochenende den Rasen nicht zu mähen,*

bestimmt hat sie alles leergegrast", *meinst du.*

„Hoffentlich hat sie mein Planschbecken nicht ausgetrunken!", *füge ich hinzu.*

Was sind meine ersten Erinnerungen an dich? Vielleicht mein Schlachtruf „Papa baden!", bevor ich behände zu dir in die Badewanne stieg. Wenn ich auf deinen Schoß kletterte, um - mit dem Schlachtruf „Papa dschupps!" - auf dem glatten Stoff des Sonntagsanzugs deine Schienbeine herunterzurutschen. Oder der Tag, in meiner Erinnerung ist es wieder ein Samstag, als wir im Schaufenster des Kölner Stadtanzeigers Oskar, den freundlichen Polizisten, entdeckten. Ich kannte die Bildergeschichten um Oskar schon lange und nun wechselte mein begehrlicher Blick zwischen dir und der grünen Plastikfigur. Wir gingen hinein und du kauftest mir einen Oskar. Und natürlich erinnere ich mich an unsere ausgedehnten Vorlesestunden: Jeden Sonntagvormittag kam ich mit „Grimms Märchenbuch" zu dir, denn fürs Geschichtenerzählen und Vorlesen warst du zuständig.

*Es war einmal ein Mann und eine Frau, die wünschten sich schon lange vergeblich ein Kind, endlich machte sich die Frau Hoffnung, der liebe Gott werde ihren Wunsch erfüllen. Die Leute hatten in ihrem Hinterhaus ein kleines Fenster, daraus konnte man in einen prächtigen Garten sehen, der voll der schönsten Blumen und Kräuter stand; er war aber von einer hohen Mauer umgeben und niemand wagte hineinzugehen, weil er einer Zauberin gehörte, die große Macht hatte und von aller Welt gefürchtet ward. Eines Tages stand die Frau an diesem Fenster und sah in den Garten hinab, da erblickte sie ein Beet, das mit den schönsten Rapunzeln bepflanzt war; und sie sahen so frisch und grün aus, dass sie lüstern ward und das größte Verlangen empfand, von den Rapunzeln zu essen. Das Verlangen nahm jeden Tag zu und da sie wusste, dass sie keine davon bekommen konnte, fiel sie ganz ab, sah blass und elend aus. Da erschrak der Mann und fragte: "Was fehlt dir, liebe Frau?" - "Ach," antwortete sie, "wenn ich keine Rapunzeln aus dem Garten hinter unserm Hause zu essen kriege, sterbe ich." Der Mann, der sie liebhatte, dachte: "Eh du deine Frau sterben läßest, holst du ihr von den Rapunzeln, es mag kosten, was es will."*

# Notfall

Ich lasse euch vor dem Krankenhaus aussteigen und suche mir einen Parkplatz. Als ich mich kurz darauf zu Fuß dem Krankenhausportal nähere, sehe ich dich, die bunte Reisetasche vor dir abgestellt, neben Ma stehen, die sich auf den Rollator gesetzt hat. Sie kann nicht lange stehen und auch mit Gehhilfe nur kurze Strecken gehen. Meine Eltern, so verwundbar, so alt geworden! Das Bild, wie ihr an diesem Spätwinternachmittag vor dem Krankenhaus dicht beieinandersteht, prägt sich mir ein, vielleicht, weil etwas in eurer Pose an das Foto erinnert, das ich vor mehr als vierzig Jahren am Hotelpool auf Mallorca aufgenommen habe.

*Du stehst frontal, Ma seitlich zur Kamera. Sie scheint einen Bauch einzuziehen, den sie nicht hat. Du hingegen trägst seit den Siebzigerjahren ein kleines „Wänstchen" vor dir her und machst erste Bekanntschaft mit der noch überschaubaren Welt der Diäten. Ich sehe sie noch vor mir, die traurigen, nur mit etwas Quark, „Klatschkies", bestrichenen Knäckebrote auf deinem Teller. Die Brigitte-Diäten späterer Jahre waren etwas abwechslungsreicher, satt machten sie dich auch nicht! „Rettung" brachte erst die Diabetes-Diagnose kurz nach deinem fünfzigsten Geburtstag. Du hast deine Ernährung daraufhin völlig umgestellt und wurdest mit jedem Jahr etwas schlanker.*

Wir warten zwei Stunden in der überfüllten Notfallambulanz. Beinahe pausenlos kommen und gehen Patienten mit ihren Angehörigen, hasten grün, blau und weißgekleidete Pfleger und Ärzte durchs Foyer in die angrenzenden Flure. Du sitzt in dich gekehrt zwischen uns. Immer wieder versuchen wir, dich in unsere Gespräche einzubeziehen. Deine Sätze wirken abgehackt, die Antworten etwas einsilbig, aber für eine Überraschung gut.

„Wie heißt noch der Ort, wo die Tochter von Frau Dischereit wohnt? Du weißt doch, Frau Dischereit, unsere Haushaltshilfe", legt Ma nach, um es dir leichter zu machen.

„Stetternich", sagst du nach kurzem Überlegen mit der Selbstverständlichkeit eines Menschen, der noch keine Zeit hatte, seine kognitiven Ausfälle zu verinnerlichen. Mich hingegen lässt schon dein „Funktionieren" stutzen, wenn auch in positivem Sinne.

Obwohl Ma zeitlebens die geistig Wendigere war, bist du unschlagbar, wenn es ums Erinnern von Gesichtern, (Orts)Namen oder Begebenheiten geht: Bis ins junge Erwachsenenalter hast du die ausführlicheren, lebhafteren und sicher auch erfreulicheren Geschichten. Sie erzählen von einer unbeschwerten Kindheit und Jugend, gefolgt von einem aufregenden Start ins Erwachsenenleben. Mas Kindheit und Jugend hingegen ist mit roter Zensurtinte übersät, erst durch Auslassungen und Abmilderungen wurde sie ihr selbst und anderen zumutbar. Wie zum Ausgleich, wurde sie für eure ersten gemeinsamen Jahre und unsere Zeit als Familie zur „Hüterin der Erinnerung".

Endlich ruft uns ein junger Assistenzarzt in eines der Behandlungszimmer. Du sitzt kaum, als er ohne Umschweife beginnt.

„Herr Fabry, wie alt sind Sie?"

„Ich werde nächsten Monat 86."

„Das ist ja schon was! Wie geht es Ihnen?", fragt er salopp.

„Meine Frau und meine Tochter sind nicht zufrieden mit mir" antwortest du trotz des unvermittelten Einstiegs des Arztes erstaunlich schnell. In deiner Stimme ein Lächeln, in deinen Augen eine Spur von Ratlosigkeit.

„Warum? Was ist passiert?"

Fragend schaust du zuerst Ma, dann mich an. „Mir fehlen, glaube ich, ein bisschen die Worte."

„Sie finden nicht die richtigen Worte?"

„Ja", antwortest du nach kurzem Überlegen.

„Wann ist das zum ersten Mal aufgetreten?"

„Heute Morgen war ich durcheinander. Jetzt ist es schon besser." Es scheint, als vergewisserte sich dein Blick nach jedem Satz bei uns.

„Er hatte die Wortfindungsstörungen und leichte Verwirrtheit schon einmal vor vier Wochen", schaltet sich Ma ein.

„Wie ist es Ihnen denn allgemein in den letzten Monaten gegangen? Konnten Sie selbstständig Ihren Alltag bewältigen", fragt der Arzt etwas hölzern.

„Bewältigen", wiederholt Ma etwas spöttisch. „Mein Mann war in den letzten Jahren der Fittere, hat eingekauft, den Rasen gemäht, den Schriftverkehr erledigt und für mich im Internet nach Kliniken gesucht."

„Ich bin gestern noch Auto gefahren", fügst du hinzu.

„Trinken Sie ausreichend?"

„Ich habe nicht mehr viel Durst", antwortest du.

„In der letzten Zeit klagt mein Vater manchmal über Schluckbeschwerden", fällt mir ein.

„Wir werden in jedem Fall zur Abklärung ein CT des Kopfes machen", fährt der Arzt fort. „Herr Fabry, nehmen Sie Medikamente?"

„Nicht viele" antwortest du und ich spüre Stolz angesichts deiner Gesundheit und Rüstigkeit.

„Was nehmen Sie?"

Du überlegst. Ma nennt einen Blutdrucksenker, eine Diabetestablette und ein Mittel gegen Herzrhythmusstörungen. Auf eine Weise kommt mir der Zeitdruck des Arztes gelegen, denn er verschleiert, dass du vermutlich auch mit mehr Zeit nicht alle Fragen beantworten könntest.

„Nehmen Sie noch im Warteraum Platz, Sie werden für die Radiologie aufgerufen und besprechen das Ergebnis dann mit der Neurologin."

Im Wartezimmer werden Mas Schmerzen unerträglich, in der Aufregung hat sie ihre Mittagsdosis vergessen und auch für nachmittags keine Schmerztabletten eingepackt.

„Fahrt ruhig nach Hause, ihr müsst nicht warten, bis ich im Zimmer bin."

„Aber es ist doch nicht schön für dich hier alleine", gebe ich zu bedenken.

„Ach was, macht euch nicht so viel Mühe für den aale Klütt. Ich schaffe das schon alleine."

# Stroke-Unit

Die ruhige Atmosphäre im Stroke-Unit steht in wohltuendem Kontrast zur Hektik der Notaufnahme. Die Neurologin, ich schätze sie auf Ende dreißig, nimmt sich viel Zeit für das Gespräch.

„Die Blutwerte sind alle in Ordnung. Ich habe auch einige kognitive Tests mit ihrem Vater gemacht."

„Und?", frage ich bang.

„Er hat eine eingeschränkte Auffassungsgabe, manche Aufgaben hat er nicht verstanden."

„Glauben Sie, er hatte einen Schlaganfall?" Fast wünsche ich mir diese Diagnose, irgendeine Diagnose. Ein Ende der Ungewissheit, was seit einigen Wochen in deinem Gehirn passiert.

„Das CT hat keinen Hinweis auf einen Schlaganfall ergeben. Wir würden gerne noch ein MRT machen, um ganz sicher zu gehen. Ihr Vater hat einen Herzschrittmacher?"

„Ja, seit ungefähr 15 Jahren."

„Das ist alt. Möglicherweise müssen wir dann auf das MRT verzichten.

„Warum?"

„Das MRT arbeitet, wie der Name schon sagt, mit Magnetfeldern, welche die Elektronik bei den älteren Schrittmachern stören können", erklärt sie ruhig. „Bitte bringen Sie uns morgen oder übermorgen den Schrittmacherpass."

„Wie sieht sein Gehirn aus?", möchte ich wissen, „ist es vielleicht eine beginnende Demenz?"

„Auf keinen Fall, es gibt kleinere Ablagerungen, aber das ist altersentsprechend. Ihr Vater ist 85." Wieder verspüre ich so etwas wie Stolz.

Du teilst dir ein Zimmer mit zwei Männern, über jedem Bett ist eine Überwachungskamera installiert. Der jüngere von beiden liegt mit geschlossenen Augen auf dem Rücken, seine Hände über der Brust verschränkt. Ein braungebranntes, muskulöses Bein, das nicht recht zur Reglosigkeit des zugehörigen Körpers passt, ragt seitlich aus der Bettdecke heraus. Der Mann scheint mitten aus einem anderen Leben auf dieses weiße Bett gefallen zu sein. Der ältere Bettnachbar wirft sich stöhnend auf der Matratze herum, von Zeit zu Zeit entfährt ihm ein Fluchen.

„Ich habe mit der Stationsärztin gesprochen, der netten Neurologin, die dich heute Nachmittag untersucht hat. Sie sagt, die Blutwerte sind alle o.k.", berichte ich dir. „Und dein Gehirn ist auch noch in gutem Zustand", füge ich frotzelnd hinzu.

Du lächelst. „Die Tests, die sie mit mir gemacht hat, waren einfach. Ich sollte Zahlen und Zeiger auf eine Uhr malen und Tiere benennen."

„Sie möchten noch ein genaueres Foto von deinem Kopf machen. Das geht allerdings nur mit bestimmten Schrittmachern. Die anderen gehen sonst kaputt."

Ich bemühe mich, langsam und in einfachen Worten zu sprechen. „Die Ärztin sagt, sie müssen erst sehen, was für ein Gerät du hast. Das steht im Schrittmacherpass. Weißt du, wo er liegt?", frage ich vorsichtig.

„In der obersten Schublade im Wohnzimmerschrank. Er ist weiß mit blau."

„Hallo Pa", begrüße ich dich am folgenden Abend.

„Engelchen! Schön, dass du mich besuchen kommst. Was ist heute für ein Tag?"

„Donnerstag."

„Gehst du gar nicht tanzen?" Du klingst ganz klar.

„Doch, später. Aber jetzt solltest du dich etwas bewegen. Wie wäre es mit einem kleinen Spaziergang über den Flur?"

Du winkst ab. „Das haben die Schwestern nicht gerne."

Der Bettnachbar mit den braunen Beinen liegt in unveränderter Position, der Ältere kehrt uns seinen massiven, behaarten Rücken zu. Als eine Schwester an sein Bett tritt, raunzt er etwas Unverständliches in ihre Richtung.

„Der ist den ganzen Tag so unruhig", erzählst du mit vorgehaltener Hand und – als gebe es einen direkten Zusammenhang - „seine Frau kommt jeden Tag. Sie sind schon 37 Jahre verheiratet!"

„Du bist sogar schon 54 Jahre verheiratet."

Zum ersten Mal ertappe ich mich, Bilanz für dich zu ziehen, wie um dir in deinem Leben Orientierung zu geben.

„Ja", sagst du mit leichtem Nicken, in deiner Stimme jenes Schmunzeln, das sich im Alter verstärkt hat. Vielleicht missdeute ich etwas und dein „Schmunzeln" ist, war niemals, Ausdruck einer Belustigung. Ähnlich geht es mir mit meinen sächsischen und schwäbischen Kollegen; ihr Dialekt wirkt ungewollt komisch auf mich und oft fällt es mir schwer, das Gesagte ernst zu nehmen. Dein Blick wandert wieder zum Nachbarbett.

„Manchmal kommt noch eine andere Frau, das ist wohl seine Geliebte", fügst du verschwörerisch und mit gedämpfter Stimme hinzu.

„Wie kommst du darauf?"

„Nicht jetzt." Du wiegelst ab. Zwar amüsierst du dich hin und wieder über andere, stellst aber immer sicher, dass die Betroffenen nichts davon mitbekommen, denn du möchtest niemanden beschämen.

„Möchtest du mit Ma sprechen?"

Du nickst. Während du auf der Bettkante sitzend von meinem Smartphone telefonierst, bringe ich den Schrittmacherpass ins Schwesternzimmer. Weiß-blau lag er, wie du gesagt hattest, in der obersten Wohnzimmerschrankschublade.

„Ich vermisse dich auch", sagst du, als ich zurück ins Krankenzimmer komme. Dann überreichst du mir das Handy.

„Opa geht es nicht gut", berichtet Jonas, dein ältestes Enkelkind, am nächsten Abend. Er ist direkt aus dem Krankenhaus nach Bergheim gekommen, wo Ma und ich im Erker sitzen und Rommé spielen. Gerade zwei Tage ist es her, dass du hier am Tisch saßest, vor dir ein Teller Schneidebohneneintopf. Dein letztes Mittagessen zuhause. Du liebst Eintöpfe und Suppen aller Art, dazu Eisbein mit Senf, Mettwurst oder Speck. Mit mediterranen Speisen, die Mitte der Siebzigerjahre Einzug in unsere Küche hielten, kannst du nicht viel anfangen, beugst dich aber dem Zeitgeist und isst tapfer überbackene Auberginen, Pesto alla Genovese oder Tomaten-Mozarella mit Basilikumblättchen.

„Er war verwirrt und lallte unzusammenhängende Worte. Ich glaube, er hat mich gar nicht erkannt", erzählt Jonas, in seiner Stimme tiefe Beunruhigung, die ich sonst nicht bei ihm kenne.

„Er war doch schon auf dem Weg der Besserung", werfe ich ein. In meiner Stimme klingt ein leiser Vorwurf, als wäre deine Genesung beschlossene Sache.

„Was sagen die Ärzte?", fragt Ma.

„Die wissen es auch nicht so recht; der Stationsarzt tippt auf einen zweiten Schlaganfall."

„Gestern wussten sie nicht einmal, ob er überhaupt einen ersten Schlaganfall hatte", gebe ich zu bedenken. Dann drängt sich ein Wort in mein Gedächtnis: „Delir". Ich hatte vor einiger Zeit davon gelesen; „Delir" ist ein Zustand allgemeiner Verwirrung und Orientierungslosigkeit, der viele alte Menschen im Krankenhaus trifft. Fieberhaft googele ich „Schlaganfall" und „Delir". Die Symptome lassen sich für einen Laien nur schwer voneinander abgrenzen, aber ich halte mich daran fest: Es ist nur ein Delir und wird abklingen, wenn wir dich oft besuchen und viel mit dir sprechen. In der Nacht warte ich mit klopfendem Herzen auf das Klingeln des Telefons. Es bleibt still.

Bevor ich am Samstag zu dir fahre, frage ich im Stationszimmer nach deinem Befinden, etwas, das ich mir in den kommenden Wochen zur Gewohnheit mache. Nach der telefonischen Entwarnung kann ich entspannt frühstücken, meine Arbeit beenden oder einen längeren Spaziergang genießen. Vielleicht ist es nur eine Entwarnung auf Zeit, ein Aufschub des Unausweichlichen, das ich vorsichtshalber mitdenke, damit ich ihm nicht schutzlos ausgeliefert bin.

Als ich dein Zimmer betrete, liegst du auf deinem frisch bezogenen Bett, während mehrere Pfleger mit dir beschäftigt sind. Dein leicht angehobener Oberkörper weckt zusammen mit deiner großen Statur das Bild eines Königs mit seinem diensteifrigen Hofstaat; seine Residenz ist das Bett. Dein Lallen ist fast verschwunden und du scherzt mit den Pflegern. Sie mögen deinen Humor, das spüre ich sofort.

„Die Ärzte haben angeordnet, Ihren Vater zu fixieren", erklärt mir der Hofstaatsjüngste, der gerade deinen Zucker misst, fast entschuldigend. Wären Wehrpflicht und Ersatzdienst nicht längst abgeschafft, hätte ich ihn mit seinen schulterlangen, krausen Haaren vermutlich für einen Zivi gehalten.

„Ich bin gegen sowas", fügt er noch hinzu.

Mir waren die Baumwollgurte an deinen Handgelenken und deinem Bauch nicht aufgefallen – wohl nicht von ungefähr sind sie im Weiß der Bettwäsche gehalten. Seltsamerweise schockiert mich deine „Fixierung" nicht. Ich bin mir nicht einmal sicher, ob du selbst sie bemerkst. Ein Pfleger - sein Namensschildchen weist ihn als Teamleiter aus - erwähnt, dass die Batterie deines Herzschrittmachers dringend ausgetauscht werden muss. Ein Arzt würde mich noch ansprechen.

Kurz nachdem der Pflegerhofstaat das Krankenzimmer verlassen hat, macht eine Logopädin erste Übungen mit dir. Mit ihren straff zurückgebundenen gräulichen Haaren wirkt sie etwas streng, entpuppt sich jedoch schon nach den ersten Sätzen als herzlich und kompetent.

„Herr Fabry, nach dem Ereignis gestern ist das Sprechen ein bisschen schwer für Sie, nicht wahr?"

„Ja."

„Ereignis", was für eine Beschönigung, denke ich. Vielleicht ist der Begriff in deinem Fall aber gar nicht so unpassend, denn noch ist unklar, was wirklich in deinem Kopf passiert.

„Ich möchte ein paar kleine Übungen mit Ihnen machen und dazu wäre es gut, wenn Sie den Zahnersatz einlegen."
Du fingerst nach der Dose auf dem Nachttisch.
„Ich glaube, wir haben keine Haftcreme dabei", werfe ich ein.
„Dafür sind wir doch extra zurück nach Hause gefahren", erinnerst du mich.
Ich hatte es in der Aufregung und Sorge völlig vergessen.

Später helfe ich dir beim Mittagessen. Püriertes Gulasch mit Bohnen und Kartoffelbrei, dazu ein Glas angedicktes Wasser, damit du dich nicht verschluckst.
Ich lege den gefüllten Löffel in deine Hand. „Komm, Pa, noch ein bisschen!" Es ist schön, dich zu umsorgen, leider hast du kaum Appetit und das Schlucken fällt dir schwer.
„Bald kommt der Frühling", stellst du unvermittelt fest, nachdem das Essen abgeräumt ist.
„Ja endlich, der Winter war lang genug. Ich habe Lust auf Urlaub in der Sonne."
„Ich fahr gar nicht mehr gerne weg", sagst du.
„Weißt du noch, wo du zuletzt mit Ma in Urlaub warst?", frage ich dich.
„Willst du mich testen?"
„Ja." Lächelnd gebe ich mich geschlagen.

# Von Kindesbeinen

02271-14990. Es ist Sonntagmorgen gegen halb sechs. Ich habe den Anruf seit langem erwartet, ohne von Krimi- oder Emergency-Room-Serien mit ihren unheilkündenden Standardsätzen à la „Sie müssen jetzt tapfer sein, es ist etwas Schreckliches passiert", geprägt zu sein.
Ein anderer Film, der die Katastrophe nicht geschehen ließ, aber in den Raum stellte, hat mich auf diesen Tag vorbereitet. Er erzählt vom Verlust meiner Eltern, besonders Mas, und ist mein treuer Begleiter, der mich zu eurer treuen Begleiterin gemacht und an eurer Seite gehalten hat. Von Kindesbeinen an spult er sich in meinem Heimkino in Endlosschleife ab. „Kindesbeine". Wie leicht mir die Metapher über die Lippen kommt, die so wenig auf das winzige Liegewesen passt, das ihr drei Wochen nach der Geburt mit Verdacht auf Magenpförtnerkrampf in die Kinderklinik brachtet, wo es endlose zwei Monate verlassen vegetierte, seine Beine zu klein und schwach für eine Flucht nach Hause.
Lange schon stehe ich auf eigenen Beinen, habe drei erwachsene Kinder, einen Beruf und manchmal einen Partner. Indessen ist die Angst, euch – vor allem Ma - zu verlieren, nie verschwunden. Das Klingeln des Telefons wurde zum Alarmsignal, das mich in permanente Anspannung versetzte. Zu oft folgte ihm die Nachricht von einer neuen Krankheit, einer Verschlimmerung oder einem bevorstehenden Arztbesuch, der das Schrecklichste offenbaren würde; zu selten eine Entwarnung. Ma schien nichts erspart zu bleiben. Diagnosen und Krankheitsverdachte reihten sich auf wie die bunten Holzperlen, die sie als Mädchen von der

Mutter für die lange Fahrt ins polnische Generalgouvernement geschenkt bekommen hatte. Dorthin war der Vater 1941 als Reichsbahningenieur zur Instandsetzung des Eisenbahnnetzes beordert worden, das durch Sabotageakte polnischer Widerstandsorganisationen immer wieder beschädigt wurde. Ein Jahr lang war sie vor seinem Jähzorn sicher gewesen und blickte dem Wiedersehen vermutlich mit bangen Gefühlen entgegen.

Mit Anfang siebzig kamen die Schmerzen. Als hätten sie fast ein ganzes Leben gebraucht, um Mas Seelenkammer zu verlassen, krochen sie von den Füßen langsam die Beine und den Rücken empor, bis sie irgendwann ihren ganzen Körper beherrschten.

Du hast das Internet nach Fachärzten und Kliniken für chronische Rückenschmerzen durchforstet, wir begleiteten Ma auf einer endlosen Odyssee durch Arztpraxen und Krankenhäuser, aber ihre Schmerzen waren unbesiegbar. Irgendwann stellte der Augenarzt eine beginnende Makula-Degeneration fest. Obwohl sich ihre Sehkraft über die Jahre nicht verschlechterte, hielt sie die Angst vor Erblindung fest umklammert. Du hast einen großen Fernseher mit gewölbtem Bildschirm und Panoramaeffekt angeschafft. In deinem letzten Herbst seid ihr noch einmal nach Norderney gefahren, wo ihr euch 1960 auf einem Tanzabend kennengelernt hattet. Als habe sich ein Kreis geschlossen.

# Koma

„Das Krankenhaus hat angerufen, Pa hat in der Nacht Fieber bekommen, er hat eine Lungenentzündung, jetzt ist er auf der Intensivstation."
Ma ist völlig aufgelöst. Ihre Stimme zittert. „Man hat ihn ins künstliche Koma versetzt."
Ich versuche, die Ruhe zu bewahren. „Es hat keinen Zweck, dass sie sich bei dir melden, wenn etwas ist. Ich fahre gleich hin und gebe ihnen meine Nummer", denke ich laut, als sei dies der wichtigste Schritt.
Fröstelnd vor Kälte und Angst kehre ich zu Hanno ins Schlafzimmer zurück. Du hast ihn erst kürzlich beim Adventsbrunch kennengelernt. Lange habe ich gezögert, ihn euch vorzustellen, wollte das „kritische erste Jahr" abwarten.

Nun weine ich in seinen Armen, spreche von deinem möglichen Tod, von Ma, ihrer Krankheit und ihrer Verzweiflung. Es scheint alles in mir zusammenzubrechen. Langsam löst mich Hanno aus seinen Armen.

„Wir müssen gucken, was wir machen können, damit er die bestmögliche Behandlung bekommt", sagt er.

„Was kann ich tun?", wimmere ich wie ein Kind, in dem sich jedoch ein kleiner Hoffnungsschimmer auftut; als Arzt in der Hautklinik hat Hanno vielleicht Kontakte und kann etwas ausrichten.

„Zuerst ziehst du dich an und trinkst einen Kaffee. Dann versuchst du, den Oberarzt der Intensivstation an die Strippe zu bekommen. Lass dir genau erklären, welche Medikamente sie geben, wie oft sie Blut abnehmen und schreib alles auf."

Ich tue mich oft schwer mit Hannos rationaler Herangehensweise; in dieser Situation hilft sie mir, einen klaren Kopf zu bewahren und das Nötige in die Wege zu leiten.

„Und dann?", frage ich.

„Ich kenne einen Kollegen in der Infektionsimmunologie. Ich gebe die Infos durch und frage ihn nach seiner Einschätzung", schließt Hanno ab.

„Ich habe solche Angst", schluchze ich.

„Ich weiß, aber du kannst etwas für ihn tun und das kann nicht warten", sagt er und nimmt mich vor dem Aufstehen noch einmal in den Arm. Seine Worte überzeugen mich. Die Aussicht, etwas zu tun und den Dingen nicht ohnmächtig ausgeliefert zu sein, tröstet mich. Weinen kann ich, wenn alles getan ist. Ich ziehe mich an, trinke den verordneten Kaffee und fahre ins Krankenhaus.

Im Vorraum der Intensivabteilung spreche ich mit dem Oberarzt.

„Wie kann das sein, am Mittwoch waren noch alle Werte in Ordnung, zwei Tage später ist er verwirrt und jetzt hat er plötzlich eine schwere Lungenentzündung?"

Er erklärt mir, dass sich bei einem alten Menschen schnell akute Verschlechterungen einstellen können und dass ein künstliches Koma eigentlich eine tiefe Narkose ist, die eingeleitet wurde, um dich zu beatmen und deinem Körper, der auf Hochtouren gegen eine Infektion kämpft, eine Pause zu gönnen. Ich frage ihn nach den Medikamenten und der Häufigkeit der Blutabnahmen. Auf einem gelben Zettel notiere ich mir jedes kleinste Detail. Wenn meine Fragen ihn irritieren, lässt es sich der Arzt nicht anmerken.

Aus dem Foyer gebe ich Hanno alle Daten durch und ziehe mir - obwohl mein Herz auch ohne zusätzliches Koffein schon rast - einen Kaffee aus dem Automaten. Dann betrete ich zum ersten Mal in meinem Leben eine Intensivstation. Vor der Tür lege ich Kittel, Häubchen, Latexhandschuhe und Mundschutz an. Aus der Entfernung bist du kaum von den anderen Patienten zu unterscheiden, alle seid ihr grau- oder weißhaarig und an Monitore angeschlossen, die Grenzen zwischen den Geschlechtern sind verwischt. So aufgereiht in weißen Betten mögt ihr gelegen haben in den Ferienfreizeiten von Hitlerjugend und BDM, sofern ihr nicht in Zelten geschlafen habt, etwas aufgehäuftes Laub als Polster unter euren jungen Rücken. Aufgereiht fanden sich einige Jahre später die Älteren in den angerosteten Metallbetten der Lazarette, das Bettzeug schon nicht mehr weiß, und die Jüngeren als Kriegswaisen in Kinderheimen. Dieser Raum scheint alle Schicksale eurer Generation zu vereinen - mit Ausnahme der Aufgebahrten, die den Krieg nicht überlebt haben.

Du liegst verkabelt, zahllose Kanülen und Schläuche führen von dir weg und in deinen Körper zurück, über und neben dir geben Monitore Zeugnis über deine Körperfunktionen. Soweit ist mir das Bild von einer normalen Krankenstation her vertraut. Das Fremde ist der Intubationsschlauch. Er markiert die Grenze zwischen überwacht- und am Leben erhalten werden. Als erster in unserer Familie überschreitest du diese Grenze. Dein Gesicht ist gerötet und dein Kopf etwas nach hinten überstreckt, wohl, um dem Intubationsschlauch mehr Raum zu geben. Seltsamerweise schockiert mich die Szene nicht. Ich streichele deine fiebernde Stirn und nehme deine Hand in meine.

Am späten Vormittag kommt Ma, auf ihren Rollator gestützt, mit Jonas. Mit zur schwarzen Jacke passender Karo-Hose und rotem Hut sieht sie fast elegant aus. Ich denke, sie möchte sich dir als die jüngere, sportlich-elegante Frau zeigen, die sie einmal war. Vielleicht hilft ihr die Kleidung auch, Würde zu bewahren. Ma tritt an dein Bett und hält sich an seinem Gitter fest. Sie legt den Kopf leicht zur Seite, schaut dich an und dann löst sich langsam eine Hand vom Gitter und findet nach einer suchenden Bewegung deine Hand. Sie hat kaum Tränen - vielleicht, weil sie als Kriegskind gelernt hat, schlimme Gefühle zu verdrängen und sich, zumal in der Öffentlichkeit, keine „Blöße" zu geben. Als ein Tross Ärzte zur Visite kommt und uns hinausbittet, scheint sie fast erleichtert. Als Jonas sie nach Hause fährt, fällt ein wenig Druck von mir ab. Jetzt kann ich in Ruhe hoffen, bangen, weinen und organisieren. Wir sind allein.

# Ein besserer Ort

In meiner Hosentasche vibriert das Handy.

„Ich habe mit dem Kollegen aus der Immunologie gesprochen", berichtet Hanno. „Die Medikamente sind in Ordnung, aber die Bluttests müssten häufiger stattfinden, um schneller auf Veränderungen reagieren zu können."

„Veränderungen", ein Wort, das Ärzte gerne benutzen, wenn sie Verschlechterungen meinen, geht es mir durch den Kopf.

Hanno führt in den folgenden Stunden unzählige Telefonate mit dem Frechener Oberarzt, der sich weigert, häufigere Blutabnahmen anzuordnen.

„Wir sollten versuchen, deinen Vater in die Uniklinik zu verlegen", simst er schließlich. Er bekommt für den Nachmittag eine Zusage für einen Platz in der Neurologie, aber der Oberarzt stellt sich quer.

„Wir stimmen einer Verlegung nur zu, wenn es medizinisch notwendig ist. Die Lungenentzündung Ihres Vaters können wir selbst behandeln", verkündet er knapp und fügt hinzu: „So eine intensiv-medizinische Verlegung kostet ein paar hundert Euro."

Zurück an deinem Bett flüstere ich dir zu: „Ich versuche, dich in die Uniklinik zu bekommen, zur Not zahlen wir es selbst."

Dann höre ich zum ersten Mal jenen Ton; scharf und in kurzen Intervallen wiederkehrend, übertönt er das leise Pump-, Piep- und Gurgelorchester der Beatmungs- und Überwachungsgeräte.

Mehrere Ärzte stürzen an dein Bett, einer bearbeitet rhythmisch deinen

Brustkorb, ein anderer gibt den ebenfalls herbeigeeilten Pflegerinnen stakkatoartige Anweisungen. Nach wenigen Sekunden nimmt entweder der Schrittmacher seinen Dienst wieder auf oder die Herzmassage zeigt Wirkung.

Die altersschwache Schrittmacherbatterie steht für eine gewisse Wurstigkeit, die schon deine Mutter pflegte, als sie mit Nikotinfingern ihr offenes Bein verarztete. „Man kann et uch überdrieve", war eines ihrer geflügelten Worte. Einmal fasste ich als Kind mit schmutzigen Fingern an Omas Tapete. Ihr Kommentar auf eure Ermahnung: „Lass doch dat Kink, et jibt noch Tapete, da liwwe me net mie." Sie hat Recht behalten! Nicht ohne Stolz erkenne ich mich in vielen ihrer entspannten Einstellungen wieder, die ich größtenteils nur aus euren Erzählungen kenne, denn Oma starb, als ich neun Jahre alt war.

Nach unzähligen Anrufen bei Krankentransportunternehmen und zähen Verhandlungen mit dem Oberarzt ist schließlich der Weg für deine Verlegung in die Uniklinik frei. In der Abenddämmerung trifft endlich der Notarztwagen ein.

„Pa! Wir haben es geschafft! Du kommst an einen Ort, wo du mehr Chancen hast als hier", erkläre ich dir etwas umständlich, denn ich möchte nicht zu viel versprechen.

# Namen

"Pa, ich liebe dich." "Und ich liebe dich, Laura." Regelmäßig versammelten wir uns ab den späten Siebzigern an Sonntagnachmittagen im Wohnzimmer, um "Unsere kleine Farm" anzuschauen, die heile Welt einer amerikanischen Siedlerfamilie im 19. Jahrhundert.

Pa und Ma – schnell wuchsen diesen Worten innerhalb unseres kleinen Trios Flügel. Man könnte auch sagen, sie verselbstständigten sich. Schmunzelnd und leicht gingen sie über die Lippen und ersetzten bald "Mama" und "Papa". Sie suggerierten eine Innigkeit, die ich nicht immer empfand, aber als "gute Tochter" empfinden wollte, glaubte empfinden zu müssen. Weil die Worte aus einer anderen Sprache, Zeit und Kultur stammten, konnte ich hinter der vordergründigen Nähe eine Distanz zu den Menschen wahren, an die sie sich richteten. Manchmal überlege ich, ob "Engelchen", dein Kosename für mich, eine ähnliche Funktion besaß. Du warst kein autoritärer Vater. Ich erinnere mich nur an wenige Ohrfeigen; allenfalls hieltest du kurze Predigten, die mit dem Appell "Merk dir das!" oder der Ankündigung schlossen: "Wir kriegen dich schon zur Fasson". Dann wurde aus dem "Engelchen" ein "Kröbel", "Rotzlöffel" oder "Gör", ein verwöhntes, ungezogenes Kind jedenfalls, das sich einer geschlossenen Front wohlmeinender und gutmütiger Eltern gegenübersah. Später darauf angesprochen, hast du den Spruch von der Fasson ebenso wie meine Beinamen verharmlost. Es war nur ein Spaß! Meine Kinderseele haben diese Betitelungen verletzt.

Noch etwas fällt mir zum Thema Namen ein: Du hast selten als „Mädchen" von mir gesprochen. Ich war „die Tochter" oder „das Kind".

Bis drei Rettungssanitäter dich umgestöpselt und das Übergabegespräch beendet haben, vergeht mehr als eine Stunde. Ich hole deine Tasche aus dem Krankenzimmer, wo das Bett deines braunbeinigen Nachbarn neu belegt ist. Schnell packe ich deine Sachen zusammen, möchte nicht von dem neuen Patienten angesprochen werden, der unangenehm nach Nikotin riecht und in dessen Gesicht ich ein großes Fragezeichen lese. Kurz verspüre ich dennoch das Bedürfnis, ihn aufzuklären: „Mein Vater ist nicht tot, er wird nur in ein anderes Krankenhaus verlegt." Als wollte ich mich selbst beruhigen.
Später beobachte ich vom Parkplatz, wie der Krankenwagen die Scheinwerfer anlässt und ohne Blaulicht und Martinshorn langsam in der Dunkelheit verschwindet. Ich atme tief durch und folge ihm.

# An der Krippe

Ruhelos gehe ich im Warteraum der neurologischen Intensivstation der Uniklinik auf und ab. Mein Herz rast angesichts dessen, was mich erwartet.

Ein junger Oberarzt mit ungewöhnlich blassem Gesicht, dessen schmächtiger Körper in einem viel zu großen Kittel steckt, bittet mich zum Gespräch ins Ärztezimmer der Intensivneurologie.

„Wir haben ein CT gemacht, es bestätigt das Ergebnis der Kollegen in Frechen."

Seine Kollegen, zum Teil in alten Turnschuhen und verwaschenen Jeans, kommen und gehen, werfen Fragen und Informationen in den mit PCs, Fachbüchern und Akten überladenen kleinen Raum. Hier geht es nicht um Außenwirkung, es wird geforscht und nach den neuesten Erkenntnissen behandelt.

„Was heißt das?", frage ich bang.

„Es gibt keinen Hinweis auf einen Schlaganfall oder sonstige Erkrankungen des Gehirns", erklärt mir der Oberarzt. Auf dem Monitor vor ihm sehe ich die Großaufnahme deines Kopfes. „Auch die Lungenentzündung hat sich bestätigt", fährt er fort „und leider hat sie sich zu einer Sepsis ausgeweitet."

„Was genau ist das?", frage ich.

„Im Volksmund nennt man es Blutvergiftung. Sie entsteht, wenn sich Krankheitserreger von einem Entzündungsherd – in dem Fall der Lunge - über den Blutkreislauf im ganzen Körper ausbreiten und im schlimmsten Fall auf andere Organe übergreifen.

Wir unternehmen alles, um die Sepsis in den Griff zu bekommen."
So sind sie, die Mediziner. Ich denke an Hanno. Menschen der Tat, sie „machen" einfach. Ohne den unbedingten Glauben an das Machbare hätten ihre schwerkranken Patienten keine Chance.
„Mein Vater war bis vor fünf Tagen gesund und fit, er meinte, er könne locker 90 Jahre alt werden", sage ich fast vorwurfsvoll.
Der Oberarzt nimmt sich Zeit. „Solange keine ernste Krankheit sie aus der Bahn wirft, können viele Menschen tatsächlich 90 und älter werden. Sie sterben irgendwann einfach an Altersschwäche. Ihr Vater ist in hohem Alter sehr krank geworden, da ist es für einen Organismus schwer, etwas entgegenzusetzen."
Du bist also „sehr krank" geworden. Es scheint mir angesichts deines Zustandes stark untertrieben. Später lese ich, dass durchschnittlich 25 Prozent der Patienten an einer Sepsis sterben, in deinem Alter dürften es weit mehr sein.

Arglos wie ein Baby liegst du in deinem weißen Bett in der Neurologie, einem Bau aus den Dreißigerjahren, deinem Geburtsjahrzehnt. Dein Kopf ist etwas gedunsen. Ein rundlicher Arzt mit schwarzem Haar und slawisch klingendem Namen – ich verorte ihn in Kroatien - erklärt es mit dem durch die Beatmung erhöhten Druck im Brustkorb. Langsam gewöhne ich mich an das Zischen des Beatmungsgerätes und das Klingeln eines kleineren Überwachungsapparates, das mich an die Lokomotivenglocke in der „kleinen Farm" erinnert. Träge setzt sich mein Gedankenzug in Richtung Sleepy Eye oder Mankato in Bewegung, richtet seine Aufmerksamkeit jedoch bald wieder auf das beständige Piepen des großen Monitors, der schräg über dir deine Lebensfunktionen preisgibt. Schnell lerne ich, dass die grüne Linie mit der grünen Zahl Auskunft über den Herzschlag gibt, gelbe Linie und gelbe Zahl über die Sauerstoffsättigung und die rote Linie mit roter Zahl über den Blutdruck. Aus einer Ecke des Raumes vernehme ich ein regelmäßiges Ploppen. Die technische Betriebsamkeit steht in eigenartigem Kontrast zu deiner Stille.

„Ich muss unbedingt mit dem Auto in die Waschanlage", erzähle ich dir, um das Schweigen zu durchbrechen. „Alles ist noch von Weihnachten voll mit Tannennadeln."

*Das Autowaschen ist fester Teil unserer Samstagsroutine. Irgendwann zwischen unserer aluschalenbepackten Rückkehr von der Agep, Daktari, Dosenravioli und Vollbad, marschieren wir in Gummistiefeln*
*Richtung Garagenauffahrt, wo der Opel Rekord wartet. Bevor wir dem Wagen mit Wasser, Seife und Schwamm zu Leibe rücken, steht die Säuberung des Autoinneren an, für mich langweilig und im wahrsten Wortsinn trocken. So versorgst du mich mit einem Eimer Wasser, in dem ich meine Puppenstubenpuppen bade, während du dich Cockpit- und Polsterpflege widmest. Warum wir die winzigen Puppen „Lumpen" nennen, weiß ich nicht mehr; vermutlich erinnern sie dich an die kleinen Puppen und Figuren, die deine Mutter im Krieg aus Stoffresten für euch nähte und „Lappepupp" nannte. Später seifen wir zusammen den Opel ein; drei Modelle begleiten mich durch meine frühen Jahre: Ein hellblauer, ein knallroter und zuletzt ein weißer, an dessen Reinigung ich mich nicht mehr beteilige, weil ich in die Pubertät gekommen bin und mich lieber mit einer Tüte Chips vor den Fernseher zurückziehe. Alle Autos stammen vom*

*Bergheimer Opelhändler Domagala und werden beinahe wöchentlich geschäumt, gespült und abgeledert.*

„Erinnerst du dich noch an Weihnachten?", frage ich dich. „Wir hatten vier oder fünf Fleischsorten, damit für jeden etwas dabei ist. Und Shir Khan hat von allem ein kleines Häppchen in seinen Katzennapf bekommen."
Wie um deiner Erinnerung auf die Sprünge zu helfen, füge ich hinzu: „Du weißt doch, unser Kater, den du immer „Drecksack" nennst, aus Rache dafür, dass, ich eure Perserkatzen „Plüschtiere" getauft habe."
Unter dem gleichmäßigen Zischen des Beatmungsgerätes, in das sich von Zeit zu Zeit ein Blubbern mischt, hebt und senkt sich deine Brust, die Brust des alten Babys. Manchmal, wenn Hanno bei mir ist, entschwebe ich zur hohen, weißen Zimmerdecke und sehe uns wie Maria und Josef an deiner Krippe stehen, obwohl es etwas unpassend scheint in seiner, des Rationalen, Gegenwart. Stattdessen ziehe ich dann auf einem gedachten Stadtplan eine Linie von der Neurologie zum nur wenige Minuten entfernten St. Anna Hospital in der Herderstraße, wo vor 52 Jahren meine Krippe stand und warme Milch aus Mas großen in meinen kleinen Körper strömte. Es war von Anfang an ein Sorgenfluss, gespeist von der Angst, nicht zu genügen. Häufig spie ich das Angebotene aus und nährte damit noch ihre Unsicherheit. So wurde der Fluss bald zu einem unzähmbaren Strom, bildete Kehrwasser und drohte das Band zwischen Mutter und Kind mit sich fortzureißen.

*Vor einem großen Walde wohnte ein armer Holzhacker, der hatte nichts zu beißen und zu brechen und kaum das tägliche Brot für seine Frau und seine zwei Kinder, Hänsel und Gretel. Endlich kam die Zeit, da konnte er auch das nicht schaffen und wusste keine Hülfe mehr für seine Not. Wie er sich nun abends vor Sorge im Bett herumwälzte, sprach seine Frau zu ihm: „Höre, Mann, morgen früh nimm die beiden Kinder, gib jedem noch ein Stückchen Brot, dann führ sie hinaus in den Wald, mitten hinein, wo er am dicksten ist, da mach ihnen ein Feuer an, dann geh weg und lass sie dort allein, wir können sie nicht länger ernähren.*

Mas Milch versiegte. Die Sorgenmilch, die nun üppig aus der Flasche floss, hielt ich jedoch noch weniger bei mir als die Muttermilch. Krank geworden an Mangel und Überfluss, brachtet ihr mich am Tag nach der Taufe in die Uni-Kinderklinik. Nur einen Katzensprung von dem Ort, an dem du um dein altes Leben kämpfst, rang dein Baby um sein gerade begonnenes. In meiner Fantasie verbinde ich dein Krankenbett mit dem viel zu großen Eisenbettchen, in dem ich fast verloren ging, denn Eltern blieben in den Kinderkliniken der Sechzigerjahre außen vor. Manchmal, wenn es ihr Dienstplan erlaubte, erbarmte sich eine der Schwestern und nahm mich kurz aus dem einsamen Käfig, vielleicht sprach sie einige sanfte Worte in mein Ohr. Hin und wieder hielten sie mich vor die Glasscheibe des Kindersaals. Auf der anderen Seite standen zwei Menschen, die ich kleines Geruchs- und Fühlwesen nicht erkannte. Auf dem imaginären Stadtplan ziehe ich eine Linie von St. Anna zur Kinderklinik und erhalte ein Dreieck.

Das alte St. Anna Hospital ist mittlerweile Teil einer Seniorenwohnanlage, die Kinderklinik längst einem Neubau gewichen, doch wird unsere Familie weiter magisch vom Lindenthaler Dreieck angezogen, das sich zu einem Parallelogramm wandelt, als ich Ma einige Tage nach deiner Einlieferung in die Neurologie mit einem eingeklemmten Oberschenkelnerv ins Bettenhaus der Uniklinik bringe. Ihre Angst um dich hat sie buchstäblich gelähmt.

## Berührungen

An manchen Tagen mache ich einen bangen Bogen um das Ärztezimmer, möchte nicht wissen, wie es um dich steht und versuche, dem Messbaren nicht zu viel Bedeutung beizumessen. Ein kurzzeitig in die Höhe schnellender Blutdruck ist kein Grund zur Hoffnungslosigkeit, zurückgehende Entzündungswerte noch kein Zeichen, dass du über den Berg bist. Auch das Sichtbare ist mit Vorsicht zu genießen und ich widerstehe der Versuchung, mich von deiner rosig-gesunden Gesichtsfarbe und deinem guten Ernährungszustand täuschen zu lassen. Im Laufe der Tage korrigiere ich den Vergleich mit dem Baby. Du bist in ein viel hilfloseres, eigentlich vorgeburtliches Stadium zurückgekehrt, kümmerst du dich nicht um Atmung, Essen oder Verdauung. Alles bekommst du zu- oder abgeführt. Jedoch auch dieser Vergleich hinkt: Denn anders als ein Ungeborenes bewegst du dich – von gelegentlichem Stirnkräuseln abgesehen - nicht. Die Natur kennt keinen solchen Zustand, beziehungsweise begrenzt die Überlebensdauer in diesem Fall auf wenige Minuten. Trotzdem sind die Besuche bei dir oft heiter, zumal, wenn die Kinder mitkommen, wir herumflachsen und liebevoll die wenigen Lebensäußerungen kommentieren, die dir im künstlichen Koma geblieben sind.

„Habt ihr gesehen, er hat die Augenbrauen bewegt!"

Manchmal kämme ich dein Haar und streichele deinen Handrücken. Immer mehr verliere ich meine anfänglichen Hemmungen und creme bald ganz selbstverständlich deine Füße mit Bübchenlotion und Zitronenöl ein. Solange du mir in deinem Haus rüstig und bei vollem Bewusstsein entgegentratst, wäre uns so viel Berührung seltsam vorgekommen. Ein Begrüßungskuss, ein burschikoses Wuscheln durch dein weißes Haar, ein Klopfen auf meine Schulter war alles, wozu wir uns hinreißen ließen. Wie wichtig Berührung wird, wenn Sprache, Gestik und Mimik entfallen!

## Schwestern

Tabitha hat die Idee, deine Schwester Gertrud zu benachrichtigen und ich frage mich, warum mir das nicht selbst in den Sinn gekommen ist. Zwar habt ihr seit Jahren nur sporadischen Kontakt, aber es ist nichts Ernsthaftes zwischen euch vorgefallen. Ich finde, Gertrud sollte wissen, wie es um dich steht.

Wir telefonieren lange und sie besucht dich einige Male auf der Intensivstation. Eine seltsame Vorstellung, sie hätte dich, den großen Bruder, nicht mehr gesehen. Bei ihrer Geburt warst du 13 Jahre alt. Anders als mit deiner Schwester Marlene, die zwei Jahre nach dir geboren wurde, verband dich mit Gertrud keine gemeinsame Kindheit, sondern nur das kleine Dachzimmer, das ihr viele Jahre teiltet. Du hast sie als kleines Kind unter deine Fittiche genommen und sahst dich auch später oft als ihr Beschützer. Häufig erzähltest du, dass ihr einmal ein Freund auflauerte, nachdem sie die Beziehung beendet hatte. Eine Weile holtest du Gertrud daraufhin von der Arbeit ab, bis dir eine Nachbarin steckte, dass sie längst wieder die Abende miteinander verbrachten. Mit Marlene bist du nie richtig warm geworden und sahst darin vielleicht auch keine Notwendigkeit; in den Augen deiner Eltern war mit ihr ohnehin „nichts los". Als erstgeborener Sohn warst du der „King", der meistens Recht hatte und ohne zu murren seinen Weg ging: Mittlere Reife, danach Höhere Handelsschule und eine Lehre zum Industriekaufmann in der Ichendorfer Glashütte. Später hast du dich zum Verwaltungsdirektor einer mittelgroßen Spedition hochgearbeitet. Die

Mädchen hingegen verließen die Schule nach acht Jahren. Gertrud begann eine Ausbildung, die sie bald abbrach, Marlene hielt sich mit Heimarbeit über Wasser und heiratete „aus Bergheim weg". Anfang der Siebzigerjahre ließ sie sich scheiden, zu dieser Zeit noch ein Skandal und daher häufiges Thema an unserem Abendbrottisch, weshalb ich als Kind mit Marlene stets das Wort „Scheidung" verband. Es scheint, deine Schwestern hätten Unruhe in die Welt der kleinen Beamtenfamilie mit dem pflegeleichten Erstgeborenen gebracht, der sich nach der Schule den „Nüggel" in den Mund schob und auf den Teppich herabließ, wo er bis zum Mittagessen zufrieden mit seinen Schuco-Autos spielte.

# Reisen

Nach vier Tagen reduzieren die Ärzte die Narkosemittel. Schon nach einigen Stunden geht ein zaghaftes Zucken durch deine Beine, abends bemerke ich unter deinen Augenlidern ein leichtes Flackern. Am nächsten Morgen kommt der Moment, auf den ich seit vielen Tagen warte: Du öffnest ein Auge. Es ist, als schöbe sich langsam ein Vorhang zurück und es erscheint das Blau, das du mir weitergegeben hast. Es schwimmt und wirkt so traurig wie das Auge eines gestrandeten Wals. Eine dicke Träne rinnt hinunter zum Rand der Intubationsmaske. Ich nehme deine Hand in meine und dann richten vier blaue Augen ihren Blick in Richtung Zimmerdecke.

*Sanft wellen sich die Hügel unter dem Himmel, den kaum ein Wölkchen trübt. Die Sonne taucht hellbraune Äcker und Olivenhaine in nachmittägliches Licht, hier und da säumen Zypressen eine Allee oder spenden in die Landschaft gewürfelten Steinhäusern Schatten.*

Für dich als liegender Mensch ist das Toskana-Bild der erste Anblick beim Erwachen. Ich aufgerichteter Mensch gehe seit Tagen in deinem Krankenzimmer ein und aus. Meine Aufmerksamkeit auf dich gerichtet, habe ich nie nach oben geschaut. Nun treffen sich unsere Blicke unter südlichem Himmel! Wie oft hast du mir, über ein Fotoalbum gebeugt, von deiner ersten Italienreise mit deinen Freunden erzählt; jedes Mal spiegelte deine Stimme die Begeisterung eurer jungen Gesichter.

*Unter der toskanischen Landschaft machst du dich noch einmal mit dem alten Lloyd auf den Weg nach Italien. Mit vier Kegelbrüdern und ihrem Gepäck quälen sich seine 13 PS über die Alpenpässe. „Lloyd, steht am Berg und heult", „Leukoplastbomber", lästern stolze Besitzer leistungsstärkerer Autos über deine kleine Sperrholzkiste auf Rädern. Ihr lasst euch nicht unterkriegen. Wenn das Zweitakt-Heulen zu laut und der Motor zu heiß wird, steigt ihr einfach aus und gönnt Mensch und Motor eine Pause. In kurzen Lederhosen liefert ihr euch eine Schlacht mit dem Restschnee, der an schattigen Plätzen den Winter überdauert hat.*

*Dann seid ihr endlich am Ziel: Italien! Das Mittelmeer! Der Duft von Sonnenöl und Pinienwäldern. Die ersten Begegnungen mit italienischen Frauen! Ihr trinkt Chianti aus bauchigen Korbflaschen, im Restaurant schneidet ihr eure Spaghetti mit der Schere.*

*In späteren Jahren verreist du mit Ma, dann mit deinen beiden „Frauen". Nur einmal fahren wir nach Italien. Danach fliegen wir in den Sommern nach Mallorca, Menorca, Madeira, Kreta oder Tunesien. Im Herbst und Frühjahr fahren wir ins Mittelgebirge oder die Alpen. Ich fiebere jedem Urlaub entgegen. Leider dämpft deine Ruhebedürftigkeit meine Vorfreude, die du „Attraktion" nennst. In der Nacht vor der Abreise stehe ich unzählige Male in eurem Schlafzimmer, fiebere dem Moment entgegen, wenn wir endlich das Auto beladen. „Wieviel Uhr ist es?" „Halb drei, leg dich hin, Liebchen." Eine Stunde später: „Müssen wir jetzt aufstehen?"*

*„Nein, es ist mitten in der Nacht, geh wieder ins Bett." „Es wird schon hell draußen!" Der Wecker zeigt fünf Uhr, dennoch klingt deine Stimme unwirsch: „Wir haben eine lange Fahrt vor uns. Ich muss ausgeruht sein. Wir wecken dich, wenn es soweit ist."*

*Um euch vor den nächtlichen Störungen durch mein Reisefieber zu schützen, packt ihr irgendwann die Koffer erst am Vorabend, nachdem ich im Bett bin. Ausgeschlafen, ich für meinen Teil aber um die Vorfreude betrogen, starten wir fortan in den Urlaub. Immer begleitet von deiner Voigtländer Kamera, die du auf Reisen mit Diafilmen fütterst. Wie ich mich als Kind auf die Dia-Abende freue! Den Vorführungen geht stets eine Zeit gespannter Erwartung voraus. Zuerst müssen die Filme bei Maaßling, lange Zeit das einzige Fotogeschäft in Bergheim, entwickelt werden. Ich verstehe nicht, warum du sie nicht direkt nach dem Urlaub dorthin bringst! An einem Wochenende sitzen wir schließlich am Esseckentisch, schneiden die Bilder auseinander und stecken sie in kleine Glasrähmchen. Manchmal sind sie trüb und staubig. Wir hauchen sie an und wischen mit einem weichen Tuch so lange an ihnen herum, bis kein Körnchen und keine Schliere mehr den klaren Blick trübt. Dann ist der große Tag beziehungsweise Abend gekommen. Mit Ma entrollst du die Leinwand, deren Geruch ich ebenso liebe wie das gleichmäßige Surren des Diaprojektors, in dessen rundem Licht hunderte Staubkörnchen tanzen! Alle meine Kameras bekomme ich von dir geschenkt. Die erste zur Kommunion, später eine Polaroid Sofortbild- und zum Abitur eine Spiegelreflexkamera.*

„Er wird nicht richtig wach", sagt der rundliche Oberarzt, der tatsächlich aus Kroatien stammt, am Samstag, als ich mir vor deinem Zimmer die Schutzkleidung anlege.

„Was heißt das?" Nervös taste ich den Mundschutz nach dem eingezogenen Draht ab. Er gehört nach oben, damit man ihn der Nasenform anpassen kann.

„Wir möchten bald den Intubationsschlauch ziehen, aber um selbstständig zu atmen, muss er wacher werden."

Ich war schon über die kleinen Signale deines Erwachens glücklich, fast stolz. Dass sie den Ärzten nicht ausreichen, stimmt mich traurig. Ohnehin graut mir vor dem Tag der Extubation, den ich noch in weiter Ferne wähnte.

„Muss der Schlauch wirklich schon gezogen werden?"

„Wir dürfen nicht zu lange warten", erklärt mir der Arzt. „Ihr Vater ist seit acht Tagen im künstlichen Koma und eine zu lange Beatmung schädigt die Lunge."

Ich schlucke und desinfiziere meine Hände, bevor ich zu dir gehe.

„Wenn Sie mit ihm sprechen, schreien Sie ihm ruhig laut ins Ohr, sonst dringen Sie nicht zu ihm durch", gibt er mir noch mit auf den Weg. Anfangs scheue ich davor zurück, aber auf Zimmerlautstärke reagierst du nicht.

„Hier ist das Engelchen", schreie ich dich an. „Kannst du die Augen aufmachen?"

Leicht bewegst du den Kopf in meine Richtung und hebst deine Lider.

„Papa, drück mal meine Hand!" Ich spüre einen sanften Gegendruck, kann mich jedoch kaum darüber freuen. Es scheint mir lieblos, dir Reaktionen zu entlocken, viel lieber möchte ich mich wieder auf Erinnerungsreise begeben.

Deine Geschichten begleiten mich seit unseren Sonntagsspaziergängen in meiner Kindheit. Mein Bild dazu: Du bist, wie damals üblich, korrekt mit Anzug und Krawatte gekleidet und ich hüpfe - im von Ma selbstgehäkelten Kostüm und weißen Lackschuhen - neben dir her. „Papa, erzähl von früher!" Das lässt du dir nicht zweimal sagen!

*Im Frühjahr und Herbst fahrt ihr mit dem Postbus nach Köln. Nachdem das ein oder andere Kleid für deine Schwester Marlene und die neue Hose für dich besorgt sind - bis zur Firmung bekommst du nur kurze Hosen, weil du aus den langen zu schnell herauswächst und Hosen teuer sind - geht ihr noch ins Café Reichard. An einem Nebentisch sitzt eine rothaarige Frau.*

*„Guck mal Mutter, da sitzt 'ne Fuss." Rothaarige sind in eurer Familie ein Inbegriff für Hässlichkeit und Falschheit. Besonders, wenn es Frauen sind. Du bist ganz aus dem Häuschen, deine Mutter versucht es mit Ablenkung:*

*„Trink dinge Kakao, Jung!" - und droht im Erdboden zu versinken. Du gibst nicht auf: „Guck mal …!"*

*„Halt disch nit dran wie 'ne Papajei!" Aber es geht noch schlimmer: Du hebst den Arm und deutest mit dem Finger auf die Frau am Nachbartisch.*

*„Mutter. Guck doch, 'ne Fuss!"*

*Schnell legt deine Mutter die großzügig aufgerundeten Reichsmarknoten auf den Tisch und verlässt mit ihrer Brut fluchtartig das Café.*

*Dein Vater nimmt an den Einkaufstouren nach Köln nicht teil. Er ist ein etwas blutleerer Beamter, der sich in seiner Freizeit lieber um den Garten kümmert. Das Saatgut bestellt er bei Chrestensen in Erfurt, einem führenden Sämereien-Hersteller in Deutschland und über Deutschland hinaus. Obwohl er auch sonst keine Mühen scheut - die Pflanzenabstände vermisst er mit dem Lineal und begrenzt die Reihen mit Stäbchen und Zwirn - erntet er nur bescheiden.*

*In der „schlechten Zeit" schickt deine Mutter den Vater zu befreundeten Bauern, um etwas Essbares zu organisieren. Als er mit leeren Händen zurückkommt, macht sie sich spätnachts mit einer Freundin und einem leeren Kartoffelsack auf, das Verwehrte auf anderen Wegen zu besorgen.*

Vielleicht hat dich das abschreckende Beispiel deines Vaters zeitlebens von handwerklichen Arbeiten ferngehalten. Wenn du dich doch einmal hinreißen ließest, geschah das ohne lästige Vorarbeiten. Vor dem Anstreichen den Untergrund säubern, anschleifen oder grundieren - „Ist nicht nötig!" Du scheitertest schon an einfacheren Aufgaben wie einen Nagel gerade in die Wand zu schlagen. Im Scherz auf dein Unvermögen angesprochen, erwidertest du zuverlässig und ebenso scherzhaft: „Ihr dummen Weiber, ich kann es nicht selber machen, sorge aber dafür, dass jemand kommt und es für mich erledigt!"

# Entwöhnung

„Er hat geblinzelt und auch die Hände bewegt", schreibt mir Lea über WhatsApp, als ich einen Tag Krankenhauspause einlege. Noch die kleinste und zaghafteste Regung löst bei uns Freude und Begeisterung aus. Manchmal zittern deine Arme - eine natürliche Aufwachreaktion - sagen die Ärzte. Dann drückt Hanno einen bestimmten Punkt an der Schulter und das Zittern lässt sofort nach. Er begleitet mich oft. Ich habe das Gefühl, es drängt ihn regelrecht auf die Intensivstation.

„Warum ist es dir so wichtig, mit zu meinem Vater zu kommen?"

„Soll ich nicht? Ich dachte, es hilft dir." Er scheint irritiert.

„Doch, natürlich, es ist schön, wenn du mitkommst. Es tut mir gut. Wirklich! Ich wundere mich nur, dass du so oft dabei bist." Ich gebe ihm einen Kuss.

„Immerhin habe ich für die Verlegung in die Uniklinik gesorgt, jetzt muss ich auch Flagge zeigen", sagt Hanno.

Im Laufe der Tage ahne ich, mir beistehen und Flagge zeigen ist nur ein Teil der Wahrheit. Der andere, ihm selbst vielleicht verborgene, lässt etwas Versäumtes nachholen. Beim Tod seines eigenen Vaters war Hanno sechzehn, der Verlust hatte sich ihm jedoch bereits kurz nach der Einschulung angekündigt, als er ein Gespräch der Eltern belauschte. Zehn Jahre hatten die Ärzte dem Vater gegeben, aber niemand wollte das Unumgängliche wahrhaben. Die Mutter verglich seine Krankenhausaufenthalte mit einem Auto in der Werkstatt. Bald würde alles wieder in Ordnung sein und hielt sie die Kinder vom Krankenbett fern; „oder habt ihr schon mal ein Auto in der Werkstatt besucht?"

„Nach Rücksprache mit dem Chefarzt haben wir mit dem „Weaning", der Entwöhnung von der künstlichen Beatmung, begonnen", erklärt uns der schmächtige Oberarzt am Montag. Jedes Mal wundere ich mich, wie agil er in seiner Magerkeit und kränklichen Blässe ist. Zusammen mit dem kroatischen Arzt kommt er gerade von der Visite und bittet Jonas, Hanno und mich ins Ärztezimmer. Entwöhnung kenne ich bislang nur im Zusammenhang mit dem Abstillen meiner Kinder. Auf meinen fragenden Blick hin fügt er hinzu:

„Wir nennen das CPAP-Beatmung. Ihr Vater atmet selbstständig, die künstliche Beatmung springt nur im Notfall ein."

Ich bin glücklich, fast euphorisch. „Das sind gute Nachrichten."

„Wenn das c-pappen gut läuft, extubieren wir Mitte der Woche", ruft mich der Arzt in die Wirklichkeit zurück.

„Bitte warten Sie noch", flehe ich gegen jeden Verstand, „geben Sie ihm noch ein paar Tage."

Die Extubation ist das Nadelöhr, durch das du dich zwängen musst. Kommst du wieder zu Bewusstsein, wirst du selbstständig atmen? Wenn ja, wirst du dich bewegen können und sprechen? Was wird von dir bleiben? Wie beim Reduzieren der Narkosemittel einige Tage zuvor, fürchte ich die Stunde der Wahrheit.

„Wir müssen das Vorgehen besprechen für den Fall, dass sich die Atmung erschöpft oder es zu einem Rezidiv der Lungenentzündung kommt", sagt der schmächtige Oberarzt.

„Welche Möglichkeiten gibt es denn?"

„Zum einen den Luftröhrenschnitt. Dabei wird eine Kanüle direkt in die

Luftröhre eingeführt und über einen Schlauch mit einem mobilen Beatmungsgerät verbunden. Ihr Vater könnte möglicherweise wieder essen, bräuchte also keine künstliche Ernährung mehr. Der Zugang m muss allerdings jeden Tag von einem spezialisierten Pflegedienst gereinigt und versorgt werden."

„Welche Nebenwirkungen hat so ein Luftröhrenschnitt?"

„Die Öffnung kann sich entzünden, es kann Probleme mit dem Schlucken und Husten geben. Außerdem verlieren die Patienten ihren Geruchs- und Geschmackssinn und müssen das Sprechen mit einer Sprachkanüle lernen." Zusätzlich zu den vielen anderen Dingen, die du voraussichtlich wieder erlernen musst, denke ich. Mich schockiert, dass wir nur beiläufig und auf Nachfrage erfahren, dass ein Luftröhrenschnitt in deinem Alter vermutlich lebenslange Stummheit bedeutet.

„Was ist die Alternative?", schaltet sich Jonas ein.

„Eine konservative Behandlung mit Sauerstoffmaske, Antibiotika, Schleim-Absaugen und Atemtherapie." Der Arzt hält kurz inne. „Die Überlebensrate ist beim Luftröhrenschnitt erhöht, daher ist bei uns standardmäßig der Luftröhrenschnitt vorgesehen." Als ob die Überlebensrate der wichtigste Maßstab ist, geht es mir durch den Kopf.

„Aber auch bei konservativer Behandlung hat ihr Vater durchaus eine Chance", fügt er hinzu.

„Wozu raten Sie uns?"

„Das müssen Sie in der Familie entscheiden. Hat ihr Vater eine Patientenverfügung?", fragt der schmächtige Oberarzt abschließend.

Wir fahren nach Hause, um uns im großen Kreis mit Lea und Tabitha zu beraten.

„Ein Luftröhrenschnitt, wahrscheinlich nicht mehr sprechen können, ganz zu schweigen von anderen Schäden, die noch gar nicht absehbar, aber wahrscheinlich sind", versuche ich eine Zusammenfassung. Meine Worte klingen wie der Lagebericht einer Einsatzzentrale.

„Das hätte Opa nicht gewollt", sagen deine Enkel. Ich pflichte ihnen bei, erinnere mich, wie du über „Pflejefälle" gesprochen hast, Menschen, die jahrelang sitzend die Wand oder liegend die Decke anstarren. „Das hat doch keinen Zweck, man sollte die Menschen sterben lassen", war dein regelmäßiger Kommentar. Zum ersten Mal in meinem Leben weine ich an Jonas' Schulter. Dann weinen wir alle. Um dich. Um das Leben, das irgendwann zu Ende geht. Hanno frage ich erst viel später, wie er selbst gehandelt hätte, wäre seine Mutter an deiner Stelle gewesen.

„Ich hätte weitergemacht", ist seine Antwort, glaubwürdig trotz oder gerade ob ihrer Spontaneität.

„Und wenn deine Mutter etwas Anderes gewünscht hätte?"

„Meine Mutter hätte nichts Anderes gewünscht, sie hätte überhaupt nichts gewünscht", sagt Hanno knapp und mit einem Unterton, der mir bedeutet, dass er sich ebenso wenig wie seine Mutter mit ihrem Tod beschäftigen möchte.

Ich gebe nicht auf. „Würde deine Mutter leben wollen ohne Sprache."

„Was heißt schon ohne Sprache? Sie könnte Dinge aufschreiben."

Ich bin sprachlos. In diesen Momenten ist mir Hanno sehr fremd.

# Extubation

Obwohl wir deinen Willen zu kennen glauben, fahre ich mit Jonas und Lea nach Bergheim, um die Patientenverfügung zu suchen. Das Haus ist noch immer leer, Ma mit ihrem eingeklemmten Oberschenkelnerv mittlerweile vom Bettenhaus in das Evangelische Krankenhaus in Bergisch Gladbach überwiesen worden. Ihr bleibt nichts erspart. Sie hat sich einen Krankenhauskeim eingefangen und kann erst nach seiner erfolgreichen Bekämpfung operiert werden. Zum ersten Mal durchforste ich eure Schränke und Schubladen. Vielleicht beginnt der Abschied eines Menschen mit dem schrittweisen Verlust seiner Privatsphäre: Kinder, sogar Enkel, sind bei Arztbesuchen anwesend, haben Zugang zu Konten, lesen Arztberichte, leisten Unterschriften und entscheiden über medizinische Behandlungen. Über Leben und Tod. Euer leeres Haus nimmt die Zeit vorweg, wenn ich zum ersten Mal die Tür aufschließe und niemand mehr da ist. Beim Blick durch die Butzenscheiben an der Treppe kein weißer Kopf erscheint, gefolgt von deinem schmalen, aber nicht hageren Körper. Kein Rollator mehr im Flur steht und das Haus auf meinen Ruf: „Ma?" still bleibt, weil im Schlafzimmer niemand mehr atmet und die Couch vor dem Fernseher leer ist.

Die Kinder suchen im Wohnzimmerschrank, ich nehme ich mir die Nachttische vor. In deiner Schublade finde ich einen kleinen Stapel Stofftaschentücher, darunter auch ein Kindertaschentuch. Es zeigt einen Afrikaner, der auf einer Palme sitzt und mit einer Kokosnuss nach einem Krokodil wirft – heute undenkbar!

*Ich bin vier oder fünf Jahre alt und sitze im Schlafanzug in der Essecke des Bungalows. Während ich genussvoll den Schokoladenbrei löffele, lausche ich Mamas Geschichte von den Negerchen in Biafra. Der Schokoladenbrei lässt in mir die Vorstellung von den dünnen braunen Kindern, die auf wochenlanger Flucht durch den Urwald wandern, noch lebendiger werden. „Die Negerchen haben sich die Blätter aus dem Urwald unter die Füße gebunden, für Schuhe haben sie kein Geld", höre ich Mamas Stimme.*

Ich packe deinen Nachttischwecker und ein Babybild von mir ein. Irgendwo habe ich gelesen, dass nach dem Erwachen aus dem Koma vertraute Gegenstände wichtig für die Orientierung sind. Die Patientenverfügung finden wir schließlich im „Büröchen", deinem Computer- und Arbeitszimmer.

„Wenn keine Aussicht mehr auf Besserung im Sinne eines für mich erträglichen, umweltbezogenen Lebens besteht, sollen keine lebenserhaltenden Maßnahmen (zum Beispiel Wiederbelebung, Beatmung) vorgenommen werden", spricht es etwas hölzern aber deutlich aus deiner Patientenverfügung. Nachmittags teile ich der Station unseren Entschluss mit.

Am nächsten Morgen klingelt mein Handy. Es ist der Professor der Neurologie, den ich persönlich noch nicht kennengelernt habe.

„Wir waren gerade auf Visite. Ihr Vater ist heute sehr wach, wir ziehen jetzt den Schlauch." Scheinbar hat sich meine Sorge beim Thema Extubation herumgesprochen, denn wie zur Entschuldigung fügt er hinzu: „Wir haben nur ein kleines Zeitfenster, vielleicht verpassen wir sonst eine Chance."

# Erwachen

Hilflos suchend schaust du dich um. Ich spüre, wie du begreifen möchtest, wo du bist, wo oben ist und wo unten. Vielleicht geht es um etwas noch viel Elementareres: Wer du bist! Du drehst den Kopf und deine Augen versuchen die Umgebung zu erfassen, fokussieren Nahes und Fernes. Wie der kleine Mensch deiner Erzählungen, den du im Kinderwagen entlang der Erft oder durch den Bethlehemer Wald geschoben hast. Seine Augen, genauso blau wie deine, fixierten die Vögel, wechselten zur bunten Kinderwagenkette, um sich bald darauf wieder der unendlichen Weite des Himmels zuzuwenden. Auch du hast immer gerne nach oben geschaut, Flugzeuge verfolgt, wie sie mit ihren weißen Kondensstreifen ein Netz über den Himmel spannten. Die Sehnsucht nach der Ferne hast du an mich weitergegeben. Das Heimweh auch.

*Es war einmal ein Junge, zehn Jahre alt, bei Onkel und Tante in Giesendorf, vom Heimweh überwältigt, das nicht warten kann. Gegen Mitternacht setzt ihn der Onkel auf die Fahrradstange und bringt ihn nach Hause. Und es war einmal ein kleines Mädchen, zehn Jahre alt, auf einer Ferienfreizeit in der Eifel, vom Heimweh überwältigt, das nicht warten kann. Am Morgen des dritten Tages holst du es im roten Opel ab (oder war es schon der weiße?). Mama kommt auch mit; aber unser Heimweh hat sie nie verstanden.*

Manchmal machen deine Augen Pause. Dann gibst du seltsam eintönige Laute von dir, wobei dein Unterkiefer sich mahlend bewegt.
„Er versucht zu sprechen", sagt Hanno und bald meine ich, aus dem

Lallen so etwas wie „meine Frau" herauszuhören. Es berührt mich, wie einer der ersten Impulse nach dem Aufwachen das Sprechen ist und stelle mir vor, wie du mühsam Gedanken und Laute zusammensuchst, aber keinen Ton herausbekommst. In diesem Moment spüre ich, wie richtig unsere Entscheidung gegen den Luftröhrenschnitt ist.

„Ich habe dir Musik mitgebracht", kündige ich am folgenden Nachmittag an, bevor ich das i-Phone mit dem Zweiten Walzer von Schostakowitsch an dein Ohr halte. Du lauschst konzentriert. Was mag in dir vorgehen? Ob die Walzerklänge Erinnerungen wecken, vielleicht an deinen ersten Walzer mit Ma im Kurhaus von Norderney?
„Hat dir das Stück gefallen?", frage ich, nachdem die letzten Takte verklungen sind.
Du nickst.
„Möchtest du es noch einmal hören?"
Du schüttelst den Kopf so entschieden wie du zuvor genickt hast.
Ein Assistenzarzt schiebt einen Rollwagen über den Flur, in dem sich grinsend ein Kollege zusammenkauert. Aus dem Hintergrund ertönt entspanntes Lachen. Trotz der von allen Mitarbeitern geforderten Professionalität und Gewissenhaftigkeit ist die Stimmung auf der Intensivstation oft heiter und gelöst, als ob die tägliche Arbeit an der Grenze von Leben und Tod Freude und Sinn vermittelte.
Du bewegst Arme und Beine, die linke Seite mehr als die rechte. Als du dein Bein aufstellst, fühle ich mich an die unzähligen Male erinnert, die ich dich ruhen sah; in den letzten Jahren hinterlässt dieser Anblick manchmal eine leichte Beklemmung in mir. Zerbrechlich wirkt der

Schlaf des Alters und schon ein wenig entrückt. Für kurze Momente legt er etwas Fremdes, Unheimliches in eure Gesichter und gibt mir eine Ahnung vom Toten im Lebendigen.

Du beginnst, an der Bettdecke zu zupfen und nestelst an deinem Krankenhauskittel. Immer wieder ziehst du dir dabei den dünnen Stoff auf Bauchnabelhöhe. Wann habe ich dich zuletzt nackt gesehen?

*Viele Jahre lang gehen wir fast jeden Sonntagabend in die Kellersauna des Bungalows. In den Ruhepausen lassen wir die Erlebnisse der Woche Revue passieren; Ma und ich ergehen uns in nicht enden wollenden Wortkaskaden, die du nur selten mit einem gespielt genervten Kommentar unterbrichst: "Ihr dummen Weiber, warum kann euer Mundwerk nicht 'mal stillstehen?" Dann gibst du eine lustige Anekdote aus der Spedition zum Besten, vom weinerlichen Chef der Abteilung Seefracht zum Beispiel, wie er in dein Büro stürmt, um sich über den neuen Lehrling, die versalzene Suppe in der Kantine oder das laufende Moped eines Jugendlichen direkt vor seinem Büro zu beklagen. An den Saunaabenden fühle ich mich in unserer kleinen Familie sehr geborgen.*

Während deine Nacktheit mich - zumal in Gegenwart der Kinder - verlegen macht, berührt mich dein Nesteln. Hanno meint, es sei dem Menschen, der aus dem Koma erwacht, ein Grundbedürfnis, seine Dinge auf die ihm mögliche Weise zu ordnen. Eben sein Nest zu richten. Ich lese, es ist ein Zeichen des nahenden Todes. Später verstehe ich, dass dies kein Widerspruch ist.

Am Donnerstag kommen dich Jonas, Lea und Tabitha besuchen, bevor sie mit Thomas zu ihrer lange geplanten USA-Reise aufbrechen. Sie haben nach unserer Trennung weiter einen guten Draht zu ihrem Vater und auch wir Eltern verstehen uns gut.

„Er hat die Nase gekräuselt und so süß geniest", schreibt mir Lea auf Whatsapp.

# Pflejefall

„Papa, möchtest du Musik hören?", „Papa, ist dir kalt?"
In den nächsten Tagen erobere ich mir das Wort „Papa" zurück. Es klingt ziemlich ungewohnt! Seit den Tagen „Unserer kleinen Farm" nenne ich dich „Pa" und Mama „Ma". Wie eine Mutter instinktiv weiß, in welcher Entfernung das Neugeborene sie am besten erkennt, welcher Tonfall und welche Satzmelodie seinen noch jungen Sinnen angemessen ist, spüre ich, dass eine Doppelsilbe für dich eingängiger ist als das einsilbige „Pa". Und: „Papa" hat etwas Appellatives: „Komm zurück!"
Am Samstagmittag bittet mich der schmächtige Oberarzt zum Gespräch ins Ärztezimmer. Kollegen, die meisten deutlich unter 35 Jahren, gehen aus und ein. Unter ihnen ist nur eine Frau, offenbar Assistenzärztin, mit langem Pferdeschwanz und athletischer Figur. Den angebotenen Stuhl lehne ich ab, als wollte ich fluchtbereit sein angesichts der Nachrichten, die mich wahrscheinlich erwarten.
„Die Sauerstoffsättigung bei ihrem Vater verschlechtert sich seit einigen Stunden rapide. Hinzu kommt, dass er nicht ausreichend schluckt und abhustet, wir müssen immer wieder Schleim absaugen," eröffnet der Arzt das Gespräch.
„Wie geht es jetzt weiter?", frage ich bang.
„Wir warten noch ein paar Stunden ab, dann würden wir reintubieren und nach Karneval den Luftröhrenschnitt setzen." Immer wieder klingelt das Telefon, aber er unterbricht unser Gespräch nicht; wenn sein Piepser geht, antwortet er knapp oder gibt eine kurze Anweisung. Trotz seiner Geschäftigkeit hat der Ort nichts mit meinem früheren Bild einer

anonymen und seelenlosen Uniklinik gemein. Vielleicht haben wir einen kleinen Hanno-Bonus, jedoch beobachte ich immer wieder, wieviel Zeit sich die Ärzte auch mit anderen Angehörigen nehmen. Reintubieren. Der Gedanke, das Ruder noch einmal herumzureißen wird in jedem Moment verlockender. Ma und du, ihr würdet beide noch einmal nach Hause kommen!

*Morgens gegen halb acht siehst du von deinem Stuhl am Erkerfenster den grauen Corsa von Frau Dischereit am Wendehammer parken. Kurz darauf hörst du den Schlüssel im Haustürschloss.*
*„Guten Morgen, Herr Fabry!"*
*Du nickst zur Antwort. Sie macht euch Frühstück. Mit zittriger Hand schmierst du dein Brot, an manchen Tagen wollen dir die Hände nicht gehorchen, dann hilft dir Ma. Wenn du nicht alleine essen kannst, füttert sie dich. Kaum ist Frau Dischereit gegangen, hält der weiße Smart der Caritas vor eurem Haus. Eine speziell geschulte Pflegerin versorgt deinen Luftröhrenschnitt. Den ganzen Tag gehen eure Helfer ein und aus: Der Pflegedienst, Frau Dischereit, der Mann für den Garten, Mas Physiotherapeut, deine Logopädin, dein Physiotherapeut. Er ermutigt dich, mehr zu laufen, du sitzt viel zu oft im Rollstuhl. Bevor er geht, hilft er dir in den Treppenlift, du fährst hinunter ins Wohnzimmer, wo ihr den Nachmittag auf dem Sofa verbringt. Im Fernsehen läuft „Sturm der Liebe" oder „In aller Freundschaft." Der Fernseher ist das Fenster zur Welt und die Wohnzimmerdecke der Himmel eures Alters geworden. Als ich den Satz vor einer Weile in der Zeitung las, hat mich sein trauriger Humor berührt. Ma legt ihren Kopf auf deinen Schoß. Stumm kraulst du ihren Nacken,*

*manchmal schweift dein Blick hinaus in den Garten, auf den liebevoll bepflanzten Hang, wo Goldregen und Rosen in voller Blüte stehen, und zu den beiden Katzengräbern neben dem Teich.*

*„Gerhard, bald kommen die Frösche zurück", hörst du Mas Stimme, so vertraut seit mehr als einem halben Jahrhundert. „Weißt du noch, im letzten Sommer waren es drei. Zwei hast du gefangen und am anderen Erft-Ufer ausgesetzt. Nach ein paar Tagen waren sie wieder da." Sie schmunzelt. Du nickst. Mit der Sprechkanüle kannst du dich nicht anfreunden. Immer wieder musst du ins Krankenhaus, weil sich die Öffnung am Hals entzündet. Wenn Ma ins Krankenhaus muss, springe ich tageweise ein oder rufe die Agentur an, die eine Osteuropäerin schickt.*

„Das hätte Opa nicht gewollt!", „keine Aussicht auf Besserung", „umweltbezogenes Leben" - leise klopfen die Worte an, werden lauter, werden zu einem Pochen und verschaffen sich Zutritt in mein Innerstes. „Man soll die Menschen in Ruhe sterben lassen", „Pflegefall", „ich habe es aufgeschrieben", „Patientenverfügung", „keine Besserung". In meinen Ohren beginnt es zu rauschen, kleine Lichtpünktchen tanzen vor meinen Augen.

„Setzen Sie sich doch", höre ich den schmächtigen Oberarzt sagen. Ein Stuhl wird herangerückt. Jemand bringt mir ein Glas Wasser. Als die kühle Flüssigkeit meine Kehle hinunterrinnt, werde ich ganz ruhig. Wie „umweltbezogen" ist ein Leben ohne Sprache, Geschmack und Geruch, vielleicht an Rollstuhl oder Bett gefesselt? So wolltest du niemals enden. „Wir möchten keine Reintubation", sage ich. Es fühlt sich richtig an und doch ist es, als schickte ich dich in den Tod.

„Wir rufen Sie an", verspricht der Arzt, als ich mich auf den Weg zu Ma nach Bergisch Gladbach mache.

Sie ist gefangen in einem Kreislauf aus unerträglichen Schmerzen, Sorge um dich und Angst vor der neuen Rückenoperation. Ich sage ihr, wie es um dich steht, welche Behandlungsmöglichkeiten es gibt und wie ich mich entschieden habe. Im Zeitraffer geht sie meine Gedankenspiele der letzten Wochen durch. Im Zeitraffer, weil sie an einen langen Krankenhausaufenthalt geglaubt hat, vielleicht mit anschließender Reha. Tief im Inneren mag sie gefürchtet haben, du wärest bei deiner Rückkehr nicht mehr der Alte. Aber zu keiner Zeit hat sie den Gedanken zugelassen, du könntest nicht mehr zurückkommen. Ein Teil ihres Seelenlebens kann das alles gar nicht fassen, während sich ein anderer erstaunliche Klarheit bewahrt. Vielleicht ist ein Leben mit Luftröhrenschnitt doch lebenswert? Wie stehen die Überlebenschancen mit Luftröhrenschnitt und ohne? Geduldig erkläre ich ihr alles, was ich weiß.

„Sie können ihn noch einmal intubieren, wenn wir ihnen das Okay dazu geben. Du bist seine Frau. Willst du nicht selbst mal mit den Ärzten telefonieren?", frage ich Ma.

„Das kann ich nicht", sagt sie und bricht in Tränen aus. Dann beruhigt sie sich.

„Ich möchte Pa behalten, aber er soll nicht für mich leiden. Du hast dich gut informiert, Liebchen. Du wirst es richtigmachen und in Pas Sinn entscheiden, egal, was passiert! Ich kann im Moment nichts entscheiden."
Sie legt dein Schicksal, euer Schicksal in meine Hand. Wir weinen.

# Phönix aus der Asche

Der Anruf der neurologischen Intensivstation erreicht mich auf dem Rückweg von Ma.

„Erschrecken Sie nicht. Es ist nichts Schlimmes. Im Gegenteil: Ihr Vater ist aufgewacht, er spricht mit uns!"

„Das ist …!" Ich ringe nach Worten.

„Ich möchte Ihnen keine zu großen Hoffnungen machen, er ist noch nicht über den Berg, aber sicher wollen Sie ihn sehen."

„Sagen Sie ihm, dass ich auf dem Weg bin", bringe ich noch heraus, bevor Endorphine meinen Körper fluten. Euphorisch - „ganz aus dem Häuschen" würdest du sagen - betrete ich die Klinik.

Man hat dich aufgesetzt und du schaust mir mit müden, jedoch erwartungsvollen Augen entgegen - als hättest du auf mich gewartet. Vielleicht hast du das wirklich.

„Papa, du bist ja wach! Gleich bin ich bei dir." Bevor ich dein Zimmer betrete, ziehe ich mir den Kittel über, desinfiziere routiniert meine Hände, zupfe die Einweghandschuhe Größe M aus dem Spender, desinfiziere auch sie, lege den Mundschutz an und setze noch das Häubchen auf. Die Handlung ist in Fleisch und Blut übergegangen, hat mittlerweile etwas fast Sakrales. Dann bin ich bei dir.

„Engelchen! Das ist schön, dass du kommst."

Ich trete an dein Bett, das näher an die Tür gerückt scheint, und nehme deine Hand. „Engelchen oder Liebchen?"

„Beides." In deiner Stimme schmunzelt es.

„Du hast lange geschlafen, Papa!"

„Ja!?" In Augen und Tonfall liegt dein charakteristisches Staunen, eine Gemeinsamkeit mit deiner Schwester Gertrud, die sich bei beiden im Alter verstärkt hat. Gerade werden wir wieder vertraut miteinander, als plötzlich ein langes, schrilles Piepen ertönt, das sich sekündlich wiederholt. Sofort ist die Assistenzärztin bei dir.

„Der Blutdruck", stellt sie ruhig fest. „Am besten, Sie gönnen ihrem Vater eine Pause."

Während ich draußen warte, bringt sie den Alarm zum Schweigen und überprüft den Infusionsschlauch, der in deinen linken Arm mündet.

„Das Bewusstsein wiederzuerlangen ist sehr anstrengend – es ist ganz normal, dass der Blutdruck hochgeht", sagt mir die Ärztin beim Hinausgehen.

„Es ist aber doch wichtig, dass er besucht wird", vergewissere ich mich.

„Natürlich, kommen Sie so oft sie möchten. Sie können ihm helfen, sich wieder zurechtzufinden in der Welt. Wir schirmen ihn medikamentös etwas ab, um sein Nervensystem zu schonen."

Ich erzähle ich dir die Ereignisse der letzten 17 Tage. Du lauschst konzentriert.

„Zuerst haben wir dich ins Frechener Krankenhaus gebracht. Als es dir immer schlechter ging, glaubten wir, dass du in der Uniklinik Köln besser aufgehoben wärest. Der Oberarzt in Frechen wollte dich zuerst nicht ziehen lassen, aber Hanno hat geholfen, dich hierher zu bekommen. Die Ärzte sind einfach toll. Sie versuchen alles, damit es dir bald bessergeht."

Hin und wieder nickst du bestätigend, als ob dir das Erzählte schon bekannt wäre.

„Manchmal muss man seinem Bauchgefühl folgen, auch wenn die Ärzte dagegen sind", sage ich zu dir. „Das hat in unserer Familie ja Tradition."

*Nach fast zwei Monaten in der Kinderklinik – der Verdacht auf Magenpförtnerkrampf hat sich nicht bestätigt - habe ich mehrere Krankenhausinfektionen überstanden und bin eigentlich gesund, aber bis auf mein Geburtsgewicht abgemagert. An einem Tag nimmt euch eine alte Nonne, die seit ihrer Jugend als Säuglingsschwester arbeitet, beiseite: „Das Kind gedeiht hier nicht. Nehmen sie es mit nach Hause." Sie bittet um Verschwiegenheit gegenüber den Ärzten, die euch verantwortungslos schimpfen und sich weigern, mich zu entlassen. Ihr beschließt, mich „auf eigene Gefahr" aus dem Krankenhaus zu holen.*

„Auf eigene Gefahr". Später habe ich darüber nachgedacht, was es für Eltern bedeutet, über Wochen um ihr Kind zu bangen und dann so etwas zu unterschreiben. Viel später habe ich überlegt, was es für mich kleines Wesen bedeutete, kaum in der Welt angekommen, meine liebsten und einzigen Menschen scheinbar unwiederbringlich zu verlieren. Was er für mich bis heute bedeutet. Eines ganz sicher: Bei jedem Menschen, den ich in mein Herz schließe, schwingt der Gedanke an den Verlust mit. Er ist nur eine Frage der Zeit. Meine Lektion aus diesem Lebensanfang ist aber auch, dass Rettung aus tiefster Hoffnungslosigkeit und Verzweiflung möglich ist. Vieles kann wieder gut werden. Vielleicht fühle ich mich deshalb seit meiner Jugend zu Israel hingezogen, wo sich das jüdische Volk nach endloser Wanderung eine Heimat geschaffen hat. Ihr habt meine Faszination für dieses Land nie wirklich verstanden, ebenso wenig, warum mein Heimweh dort zum ersten Mal ausblieb.

Der schmächtige Oberarzt erscheint im Türrahmen. „Wie geht es Ihnen, Herr Fabry?", fragt er mit lauter Stimme.
Du bist noch immer Herr Fabry, auch nach zwei Wochen Koma, angeschlossen an mehrere Überwachungsgeräte und verbunden mit zahllosen Schläuchen und Kanülen, die dein Überleben sichern. Der Gedanke beruhigt mich.
„Mir ging es schon einmal besser", bemerkst du mit deinem typischen, trockenen Humor.
„Haben Sie Schmerzen?"
„Nein."

# O Sole Mio

Außer der Vorliebe für Klassik und die „Drei Tenöre" weiß nicht viel über deinen Musikgeschmack. Auf YouTube finde ich „O Sole Mio" in der Version von Luciano Pavarotti. Ich halte das Smartphone dicht an dein Ohr. Du hörst aufmerksam zu und beginnst, die Melodie mitzusummen, ganz leise zuerst, dann immer kräftiger. Musik, die du gemocht, Orte, die du gekannt und Menschen, die du geliebt hast; alles ist noch da, tief in dir geborgen. Kein Koma vermag sie zu löschen. Den Klang deiner leicht bebenden Stimme im Ohr, füllen sich meine Augen mit Tränen. Ich richte meinen Blick nach oben auf das Toskana-Bild. „Che bella cosa una giornata di sole, un'aria serena dopo una tempesta!"

*Noch einmal kämpft ihr euch im überladenen Leukoplastbomber die Alpenpässe empor. Ob es seine 13 PS tatsächlich schaffen werden? Doch nach vielen Stunden verstummt endlich der Krach des Zweittaktmotors und vor euch breitet sich die helle, norditalienische Ebene aus. Der Weg ist frei. Italien!*

Wahrscheinlich habt ihr die sanften Berge mit den Pinienalleen, die alten Landhäuser mit ihren bunten Blendläden und die Weinberge nie gesehen. Habt Pisa samt schiefem Turm und die Gondeln Venedigs links liegen lassen und den Lloyd direkt an Adria oder Riviera gelenkt. Die Namen zu den verblassten Dias sind Ventimiglia, Diano Marina, Milano Marittima und Lido di Savio. Auch uns drei zog es bei unserer ersten und einzigen Italienreise ans Meer.

*Du fotografierst mich im orangefarbenen Froteeanzug, braungebrannt mit einer Luftmatratze im Arm auf dem Weg zum Strand, wo wir stundenlang Boccia spielen, ich zum ersten Mal im Meer schwimme und auf "Coco Bello" warte! "Coco Bello" ist ein langhaariger Strandverkäufer, mit Strohhut und Kühltasche beladen bahnt er sich seinen Weg durch den feinen Sand. "Bello Coco-Coco-Bello Vitamina", preist er seine Ware an.*

*"Papa, warum ruft er 'Coco Bello'?"*

*"Er verkauft Kokosnüsse." Schnell finde ich heraus, dass sein Sortiment weit mehr umfasst als die braunen Tropenfrüchte und manchmal bekomme ich ein Eis oder eine Limonade.*

"Il sole mio, sta in fronte a te" - meine Sonne strahlt von dir.

"Gefällt dir die Musik, Papa?"

"Ja."

"Möchtest du das Lied noch einmal hören?"

"Nejjjin." Manchmal fällt es dir schwer, deine Stimme zu modulieren. Oder imitiert dein zu laut geratenes „Nejjjin!" Frau Gross, eine ehemalige Nachbarin? Sie war Ostpreußin und ihre Art „Nein" zu sagen, wurde unter uns zum geflügelten Wort. Beseelt von dem Wunsch nach Vertrautem, interpretiere ich dein „Nejjjin" vielleicht falsch. Schließlich gerät dein „Ja" oft nicht weniger laut und überbetont.

Ob „Ja" oder „Nejjjin", in deiner Wachheit wirst du von der willenlosen Puppe, die man nach Belieben streichelt und kämmt, wieder zu einer Persönlichkeit mit eigenem Willen und begrenzter Nahbarkeit.

"Soll ich dir die Füße massieren, Papa?" Du schüttelst den weißen Kopf. Dein Haar ist in den letzten Wochen schnell gewachsen.

„Wenn du aus dem Krankenhaus bist, musst du zum Friseur", sage ich gespielt unbekümmert.

„Da war ich erst letzte Woche." Ma bestätigt mir deinen Friseurbesuch kurz bevor du ins Krankenhaus gekommen bist. Ich fürchte deine Frage nach ihr, möchte zugleich jedoch deine Fantasie hindern, sich Schlimmes und Schlimmstes auszumalen. So unterschlage ich ihren Krankenhausaufenthalt und erzähle, dass wir sie oft besuchen und Dr. Evers ein neues Schmerzmittel ausprobiert. Ich erinnere mich an einen Besuch bei euch vor ein paar Wochen. Ihr beide auf dem Sofa, Ma hatte ihren Kopf auf deinem Schoß gebettet und stöhnte vor Schmerzen. „Armes Heinchen", nanntest du sie bei dem Kosenamen, den du ihr vor 56 Jahren gegeben hast. Wie unermesslich schlimm muss dir die Vorstellung sein, ihr nicht mehr beistehen zu können!

## 278

„Wer ist das?", fragst du am Sonntagmittag mit heiserer Stimme. Dein Kopf weist auf die vermummte Gestalt auf der anderen Bettseite.

„Das ist Hanno, du hast ihn beim Adventsbrunch kennengelernt. Erinnerst du dich?"

„Der hat keine Haare", stellst du fest.

„Doch Papa, er hat Haare, nur sind sie unter seinem Krankenhaushäubchen versteckt."

Du scheinst mit der Antwort zufrieden und murmelst etwas wie „ach so".

„In zwei Wochen hast du Geburtstag, Papa", erzähle ich dir. Du wirst 86 Jahre alt."

„86", wiederholst du mit großen Augen, in deiner Stimme schwingt etwas wie Anerkennung.

„Weißt du noch, als du 40 wurdest, hat dir Ma eine Überraschung gebastelt. Sie verzierte eine Flasche Rotwein mit einer Orange als Kopf, zwei Würstchen waren die Arme und kleine Zahnstocher die Haare."

„Du hast ein gutes Gedächtnis!"

Ich staune über die Denkleistung, die deine Antwort erfordert.

„An deinem 40. Geburtstag hast du auch das Rauchen aufgehört", versuche ich deiner Erinnerung einen weiteren Schub zu geben.

„Das ist lange her."

„46 Jahre und die letzte Schachtel Ernte 23 lag noch ewig lange im

Barschrank. 46 Jahre die Ernte 23!" Ich muss lachen. „Erinnerst du dich, als Jugendliche hast du mir eine Zigarette daraus angeboten? Du meintest, es wäre besser, die erste Zigarette zuhause zu rauchen, statt in irgendeiner Spelunke, falls es mir danach schlecht würde. Ich wollte nicht und wenn es mir schlecht geworden wäre, hätte es wohl auch am Alter der Zigaretten gelegen."

Immer wieder fallen dir die Augen zu. Ich fasse deine Hand, erzähle immer weiter, Alltägliches und Belangloses, Gegenwärtiges und Vergangenes. Du sollst nicht einschlafen, aber gegen deine Müdigkeit komme ich nicht an. Im Wegdämmern reihst du scheinbar ohne Zusammenhang Zahlen aneinander. 684, 86, 52, 67 1964 (mein Geburtsjahr) 431 und immer wieder 278.

„Die Schrittmacherbatterie Ihres Vaters ist fast leer. Jetzt wo es ihm bessergeht, müssen wir langsam daran denken, sie austauschen", spricht mich der kroatische Oberarzt auf dem Gang an.

In den vergangenen zwei Wochen hat niemand vom Schrittmacher gesprochen. Dass sie sich jetzt mit dem Thema beschäftigen, bedeutet, sie geben dir eine Überlebenschance, freue ich mich, aber es kommt mir zu früh.

„Hat das nicht ein paar Tage Zeit? Er kommt gerade erst richtig zu sich und so ein Eingriff belastet ihn doch sicher."

„Das stimmt. Andererseits kann der Schrittmacher jederzeit ausfallen, was auch gefährlich wäre."

„Gesetzt dem Fall, das passiert wirklich. Haben Sie dann eine Möglichkeit zu intervenieren?" Mehr als meine klare Sicht verwundert mich, wie sehr der Medizinerjargon bereits Eingang in meine Sprache gefunden hat.

„Natürlich. Wir würden eine Herzmassage machen."

Ich erinnere mich an den Zwischenfall in Frechen, als dein Puls unter 40 gesunken und der Schrittmacher nicht angesprungen war.

„Wenn es Ihr Vater wäre …", setze ich an, bremse mich jedoch schnell. Jeder Arzt ist Fragen wie dieser bislang ausgewichen. „Wozu raten Sie mir?"

Der Arzt räuspert sich. „Wir haben das im Team durchaus kontrovers besprochen. Die überwiegende Meinung war, lieber noch etwas zu warten.

# Karneval

„Heute ist Rosenmontag, Papa", begrüße ich dich am nächsten Morgen.
„Hörst du die Karnevalsmusik auf dem Flur?"
„Ja, sicher."
Wir können uns nicht „richtig" miteinander unterhalten und doch scheinst du auf eine bestimmte Weise klar, nimmst Dinge um dich herum wahr und weißt, wo du bist.
„Draußen laufen alle Leute verkleidet herum!"
„Hier drinnen auch", stellst du fest.
„Früher hast du gerne Karneval gefeiert, Papa."
„Ja, das stimmt."
„Weißt du noch, an Weiberfastnacht, es muss 1961 oder 1962 gewesen sein, zogst du wie in jedem Jahr mit den Kegelbrüdern in die Stadthalle. Von Gertrud hatte Ma erfahren, wo du feierst und reiste ohne dein Wissen nach Bergheim. Du warst als Seemann verkleidet und hast immer wieder mit der geheimnisvollen Zigeunerin getanzt, die kein Wort sprach. Erst nach Mitternacht lüftete sie ihr Gesichtsnetz und da erst erkanntest du, mit wem du den ganzen Abend getanzt hattest."
„Das war eine Überraschung!" Fahrig nesteln deine Hände an der Bettdecke. Ich versuche, sie mit meiner Hand zur Ruhe zu bringen.
„Du hast kalte Hände."
„Habe ich doch immer!"
Das Musikprogramm der Neurologie wechselt von Karneval auf die aktuellen Charts.

„Holländische Musik", bemerkst du erstaunt.

„Nejjjin, das ist Englisch", korrigiere ich dich. „Gefällen dir die Lieder?"

Du schüttelst den Kopf. „Ich mag lieber klassische Musik."

Dann denkst du eine Weile nach.

„Ich möchte so gerne mal wieder ein Bier."

„Das ist ein guter Vorsatz. Aber zuerst musst du gesundwerden. Jetzt muss ich los, Papa, ich komme heute Abend noch einmal vorbei.

„Das ist schön. Tschüss Engelchen."

Als ich abends um kurz nach acht dein Zimmer betrete, schläfst du. Tief und ruhig geht dein Atem. Du scheinst auf dem Weg der Besserung.

*Eines Morgens treffe ich dich auf der Bettkante sitzend an, wie du noch etwas unbeholfen eine Tasse Kaffee zum Mund führst. Bei den ersten, heißen Schlucken schürzt du die Lippen und hebst dabei auf deine typische Art die Augenbrauen. Auf dem Teller vor dir liegen einige Zwiebäcke, die du mit gewissem Argwohn betrachtest. Ich sehe dir an: Ein Leberwurstbrötchen wäre dir lieber!*

„Bald kannst du wieder richtig essen", spreche ich zu dir. „Stell dir mal so ein leckeres Leberwurstbrötchen vor!" Sanft rüttele ich an deiner Schulter; du sollst wissen, dass ich mein Versprechen gehalten habe und wiedergekommen bin. Aber es ist noch etwas anderes: Ich kann nicht genug von deiner Wachheit, deiner Stimme und deinen Blicken bekommen. Unter den Lidern bewegen sich deine Augen und du scheinst auf meine Ansprache zu reagieren.

„Er träumt", meint Hanno.

„Er webt meine Worte in seine Träume ein", entgegne ich ihm.

# Nach Hause 1

„Ihrem Vater geht es nicht gut", teilt mir die athletische Assistenzärztin mit, als ich am Dienstagvormittag die Station betrete.
„Die Sauerstoffwerte sind sehr schlecht und er ist komatös."
Komatös. Das klingt weniger dramatisch als „Koma", eher wie etwas dem Koma nur Ähnliches. Vielleicht hat sich die Ärztin bewusst für das Adjektiv entschieden. Oder musste sich gar nicht mehr entscheiden, weil ihr der Gebrauch bestimmter Worte und Floskeln in den immer gleichen Situationen der Intensivstation längst in Fleisch und Blut übergegangen ist.
„Gehen Sie erst einmal zu ihm, der Kollege wird Sie gleich ansprechen."

Ich trete an dein Bett. Wie schon am Samstag, als ich voller Euphorie über dein Erwachen die Intensivstation betreten habe, scheint es von seinem Platz gerückt und steht nun dichter am Fenster. Dein Atmen ähnelt einem leisen Schnarchen und auf deiner Stirn haben sich kleine Schweißperlen gebildet. Manchmal ertönt ein Alarm, dessen beständiges Tuten an einen Müllwagen im Rückwärtsgang erinnert. Ich habe mich an die Kulisse des Tutens, Summens, Piepens und Gluckerns gewöhnt. Sie gehört zu meinen Besuchen wie der Geruch des Desinfektionsmittels und der Latexhandschuhe. Unvorbereitet hätte mich vermutlich nur dein Schlaf am helllichten Tag irritiert, hast du doch in den vergangenen Tagen langsam zu einem Tag-Nacht-Rhythmus zurückgefunden. Aber irgendwann in der Nacht musst du von einem gleichmäßigen

Schlaf, den ich für einen Genesungsschlaf gehalten habe, in die Unerreichbarkeit entglitten sein. In ein Koma, nicht das von Menschenhand herbeigeführte, sondern jenes, dessen schützender Barmherzigkeit sich ein Körper am Ende seiner Kräfte anvertraut. Wie kommen mir diese Worte? Stammen sie nicht aus einer Welt und Zeit, die mir fremd geworden ist? Barmherzigkeit, Gnade, Demut – das ist Gottesdienstsprache, nach meiner Kommunion habe ich sie nur noch selten an mein Ohr gelassen. Eine Sprache der Worthülsen und Phrasen, die sich nur an den bedrohlichen Rändern des Lebens mit Bedeutung und Sinn füllen.

„Was machen wir jetzt?", flüstere ich dir verzweifelt zu. Noch einmal schleicht sich der Gedanke ein, ergreift für einen Moment von mir Besitz.

„Sollen wir dich nicht doch intubieren lassen? Dann kommst du noch einmal nach Hause und schläfst irgendwann friedlich neben Ma ein. Wo ihr jetzt das neue Boxspringbett habt!"

Nach Hause!

„Weißt du noch, wie ihr mich auf eigene Gefahr aus dem Krankenhaus geholt habt? Ich war abgemagert, die Haut weit und welk wie bei einem Greis. Mit drei Monaten hatte ich gerade mal mein Geburtsgewicht."

Mein Heimkommen ist zum Familienmythos geworden, ich kann ihn auswendig herunterbeten. „Geboren, gestorben, nach zwei Monaten auferstanden". Und heimgekommen! Er ist zum Lebensfaden geworden, von euch beiden gesponnen und von dir in blauer Tintenschrift im Fotoalbum festgehalten, das du nach meiner Geburt für mich angelegt hast.

Nach Hause!

Für mich war es die Chance auf Leben. Auf dich würde mit großer Wahrscheinlichkeit nur verlängertes Leid warten. Plötzlich muss ich an „E.T." denken. „Nach Hauuuse", imitiertest du den Außerirdischen mit dem großen Kopf und den blauen Augen noch Monate, nachdem wir den Film gesehen hatten, so sehr warst du von seinen Worten berührt.

*Wieder schaut ihr „Sturm der Liebe". Der Fernseher hängt schräg über dir an der Decke. Neben deinem Pflegebett gurgelt leise das Sauerstoffgerät. Ma liegt neben dir. Manchmal hält sie durch das Gitter hindurch deine Hand, während sie die Serien kommentiert. Du hörst ihre schon so lange vertraute Stimme. Nach dem Mittagessen reicht sie dir die Schnabeltasse mit Kaffee, du hebst auf deine charakteristische Art die Augenbrauen, bevor du in kleinen, vorsichtigen Schlucken trinkst. Vielleicht denkst du zurück an die Mittagspausen, wie du mich von der Schule abgeholt hast und wir uns nach dem Essen zum Kaffee jeder noch eine Handvoll Schokokugeln gönnten.*

*„Guck mal, der schöne Garten!", sagt Ma. Langsam drehst du den Kopf zum Fenster. Später dreht dich Frau Dischereit auf die Seite. „Herr Fabry, ihr armer Rücken!" Den Dekubitus-Verband wechselt später der Pflegedienst.*

Der schmächtige Oberarzt erscheint im Türrahmen und bedeutet mir, ins Sprechzimmer zu kommen.

„Wie stünden seine Chancen, wenn Sie ihn jetzt intubierten?", frage ich ihn.

„Wenn er überlebt, wird er zu 80 Prozent ein mittlerer bis schwerer Pflegefall."

„Pflejefall". Mir fallen deine Worte ein, mit denen du einen Zustand beschrieben hast, in dem du dich niemals wiederfinden wolltest: „Dann sitz' ich doll in der Ecke und wackele mit dem Kopf oder liege im Bett und gucke an die Decke." Vor den alten Bergheimer Weggefährten, die dir hin und wieder in der Fußgängerzone über den Weg liefen, hättest du dich sicher anders ausgedrückt, hättest „in de Eck' jesesse, mit dem Kopf jewaggelt oder aan de Deck jeluurt."

„Wir würden jetzt in die Palliativversorgung überleiten." Die Stimme des Arztes ruft mich in die Gegenwart zurück.

„Was heißt das?"

„Wir sorgen dafür, dass er keine Schmerzen und Ängste hat."

Zur Pflegeschwester gewandt ergänzt er: „Verdoppeln Sie das Morphin und erhöhen Sie die Benzodiazepine." Sie nickt wissend und wirft noch einen Fachbegriff in den Raum, den der Arzt mit „Nein" erwidert. Es scheint ein Standardverfahren in Situationen, die sich hier vermutlich mehrmals wöchentlich wiederholen.

# Oma

*Im Frühjahr hat Oma einen Herzschrittmacher bekommen und ihren Lebensmut verloren. Als wir sie im Krankenhaus besuchen, sagt sie: „Dat jibt nichts mee mit mir, ich komm' hier nicht mehr raus!" Ma ist entsetzt, dass Oma so etwas vor einem Kind sagt. Oma überlebt die Operation, kann aber nicht mehr alleine in ihrer kleinen Wohnung an der Schützenstraße leben. Deine Schwester Marlene aus Eitorf nimmt sie bei sich auf.*

*Zu zweit besuchen wir sie in Eitorf. Wir öffnen alle Türen, ich setze mich an das Klavier im Wohnzimmer und spiele ihr einige Stücke vor, die ich in der letzten Zeit gelernt habe. Eines Morgens im späten September geht in aller Frühe das Telefon. Wortfetzen dringen in mein Zimmer. „Wann?" (...) Damit hätte ich nicht mehr gerechnet" (...) Schien über den Berg (...) Ich hole mal Gerhard ans Telefon". Nach einer Weile betritt Ma mein Zimmer und setzt sich zu mir ans Bett.*

*„Die Oma ist heute Nacht eingeschlafen." Ich habe gewusst, was passiert war, noch bevor Ma dich ans Telefon rief, doch treffen mich ihre Worte wie ein Schock. Ich schreie laut auf und kann mich einige Minuten lang kaum beruhigen. „Oma ist im Ehebett von Marlene im Schlaf gestorben", sagt Ma.*

Lange habe ich als Kind überlegt, welche wohl Omas letzte Worte gewesen waren. Ein an Marlene gerichtetes "Schlaf gut" vielleicht oder: „Bis morgen."

Ich habe sehr an Oma gehangen, bei der ein bisschen Villa Kunterbunt-Atmosphäre herrschte. Bei ihr waren fünf immer gerade; es gab keine festen Schlafenszeiten und oft war es Mitternacht, wenn ich glücklich erschöpft neben ihr einschlief. Gegessen wurde im Wohnzimmer auf dem gelb-schwarz gewürfelten Tischtuch mit den Zigarettenlöchern. („Oma, es hat ja dieselben Farben wie die Fensterläden vom Aachener Tor!"). Es gab Salzstangen und leckere blassrote Dosen-Erdbeeren. Mir schmeckte Omas Essen, was ich mir damit erklärte, dass sie als junge Frau ein Jahr als Köchin in England gearbeitet hatte.

*Einige Wochen nach ihrem Tod gibst du mir einen Brief, den Oma in den letzten Tagen vor ihrem Tod an mich geschrieben, aber nicht mehr abgeschickt hat. Er ist mit Bleistift in etwas zittriger Schrift verfasst. Eine Weile überlege ich, ob nicht du selbst ihn geschrieben hast, um mir eine schöne Erinnerung zu schenken. Ich spreche dich nie darauf an.*

# Breschnew

Eine Pflegerin bringt mir Kaffee. Ich gehe ruhelos neben deinem Bett auf und ab. Außer dem Kittel brauche ich keine Schutzkleidung mehr. Mundschutz, Häubchen, Handschuhe – nichts ist mehr wichtig im Angesicht des Todes. Es ist schön, deine Hand ohne das störende Latex zu halten und dich zu betrachten. Warm, atmend, noch lebend.

Ein Ärzteteam rollt einen Wagen mit einem Untersuchungsgerät vor deine Tür.

„Wir kommen für den Ultraschall", ruft ein junger Arzt munter in den Raum hinein.

„Mein Vater braucht keinen Ultraschall mehr."

Durch die Glasscheibe sehe ich im Nebenraum einen anderen alten Mann ringen. Mit seinen buschigen Augenbrauen und seinem kräftigen Körper hat er große Ähnlichkeit mit Leonid Breschnew. Sein Gesicht ist rot und wirkt angestrengt. Mit jedem Atemzug hebt sich sein Oberkörper fast krampfartig. Wie lange ringt man mit dem Leben und ab wann mit dem Tod? Ich beobachte ihn eine Weile und bemerke, wie wenig gewohnte Wortzusammensetzungen an Orten wie diesem greifen. Nicht Atemzüge verschaffen ihm den nötigen Sauerstoff. Die Luft gelangt durch eine Kanüle direkt in seine Luftröhre. Ich beuge mich zu dir hinunter.

„Im Zimmer nebenan liegt ein Mann, der sieht aus wie Breschnew. Weißt du noch Papa, wie wir allen - ob Mensch oder Tier - Spitznamen verpasst und neue Worte kreiert haben? Einen herrenlosen, sichelbeinigen Kater, der regelmäßig den Fressnapf unseres wohlbehüteten Stubentigers plünderte, hast du kurzerhand den 'Dieb' genannt. Doch damit nicht genug; Beine zu haben wie der 'Dieb', wurde bald zur Umschreibung für alle krummbeinigen Zeitgenossen. Zumindest die o-beinigen! Die v-beinigen hatten 'falsch einjehängte Jehwerkzeuge' oder Beine 'wie en Kamel'. Den verwöhnten Jungen im Menorca-Urlaub taufte ich kurzerhand '' - nach der Hauptfigur des Romans, den wir drei in diesem Sommer verschlungen haben. 'Schnups' wurde zum Inbegriff des verzogenen Jungen, aus dem die Pubertät einen 'Trupp', einen nichtsnutzigen 'Halbstarken' machen würde. Und erinnerst du dich noch an die ältere, beleibte Dame, die den Rehpinscher der Nachbarn ausführte? Du gabst ihr den Spitznamen 'Fregatte'. Ich habe nie verstanden, was sie mit einem Kriegsschiff gemein hatte! Lea nanntest du als Baby wegen ihres Glatzköpfchens „Chruschtschow". Und dann Hugo, der Tankwart der alten elf-Tankstelle am Berliner Ring: Das fahle, hohlwangige Gesicht seiner letzten Jahre inspirierte mich zur Verb-Neuschöpfung 'Hugo machen' für 'sterben'. Wenn man so will, machst du jetzt Hugo, Papa."

Ich brauche eine Pause. „Bitte nehmen Sie ihm den Sauerstoff noch nicht weg", bitte ich die Assistenzärztin, die in dieser Schicht für dich zuständig ist, bevor ich die Station verlasse. Als hätte ich die Möglichkeiten der Hightechmedizin, Leben und Sterben zu strecken oder zu kürzen, schon verinnerlicht. Du musst meinetwegen nicht noch Wochen und Monate am Leben bleiben. Nur eine halbe Stunde länger, damit ich meine Gedanken ordnen kann. Ich gehe in die kleine Grünanlage vor der Neurologie, atme die frische Luft, in der schon ein Hauch Frühling spürbar ist. Dann wähle ich Hannos Nummer.

„Soll ich kommen?", fragt er nur.

„Ich weiß nicht, ob ich bis zum Schluss bleiben kann", sage ich wie zur Antwort.

„Du musst jetzt nichts entscheiden, lass es auf dich zukommen."

## Das Baby und der König

Als ich mit Hanno ins Krankenzimmer zurückkehre, scheint das Bett erneut verrückt, dieses Mal wieder in Richtung Tür. Dein Oberkörper, vorhin noch leicht erhöht, liegt nun flach auf dem Bett, die Flasche mit der Nährlösung ist entfernt. Mehr als zwei Wochen hat sie dein Überleben gesichert, jetzt würde sie dein Sterben stören. Vor einigen Tagen hat mir ein Pfleger erzählt, dass es den Brei in drei Geschmacksrichtungen gibt. Vanille, Erdbeere und Schokolade. Du hättest eine Mischung am liebsten gemocht. Wie bei „Campo", „unserem" Eiscafé in Bergheim, wo du seit Ewigkeiten den gemischten Becher nimmst, während Mas und meine Wahl auf das Spaghetti-Eis fällt. Deine Atmung ist lauter geworden und wird von seltsamen Nebengeräuschen begleitet.

„Das ist die Rasselatmung", erklärt mir Hanno. Für mich ähnelt sie eher einem Schnarchen, deinem vertrauten Schnarchen.

Noch immer wirkst du groß und stattlich, nicht wie jemand kurz vor seinem Ende. Wie schon vor zwei Wochen im Frechener Krankenhaus, schiebt sich das Bild des alten Königs in mein Bewusstsein, umgeben von seinem dienstfeifrigen Hofstaat, der über seine letzten Atemzüge wacht.

„Wir haben den Sauerstoff etwas reduziert", erklärt mir die Assistenzärztin. Ich traue mich nicht, sie hinzuweisen, dass ich es mir anders gewünscht habe. Sicher möchten sie dich nicht länger als nötig am Leben und vielleicht am Leiden halten, vielleicht geht es auch nur um eine schnelle Neubelegung des Bettes. Sofort wird mir die Egozentrik meiner Gedanken klar; wenn dir nicht mehr zu helfen ist, muss ein anderer

Mensch seine Chance bekommen. So schnell wie möglich.

Ein Pfleger verdunkelt den Raum. Mit den sich herabsenkenden Jalousien verschwinden die Bodendecker auf der Böschung vor dem Fenster ebenso wie Leonid Breschnew. Zuletzt schließt der Pfleger die Glastür.

„Jetzt sind Sie für sich."

Mir tut die Privatsphäre gut. Ich möchte nicht von der allgemeinen Geschäftigkeit auf der Station gestört oder von Breschnews Besuch beobachtet werden. Ich sitze mit Hanno an deinem Bett und wieder drängt sich mir das Bild von Maria und Josef an der Krippe auf. Hin und wieder schaut eine Pflegerin herein.

„Herr Fabry, Sie haben so einen trockenen Mund, ich mache ihn mal feucht." Als sie mit dem getränkten Wattestäbchen dein Wangeninneres berührt, geht ein kurzes Zucken durch deinen Kopf.

„Das ist ein Reflex", erklärt sie auf meine Irritation hin. „Es ist nur noch das Stammhirn, das reagiert."

Der Gedanke hat etwas Tröstliches: Auch auf dein Stammhirn reduziert, bist du noch Herr Fabry, der „junge" Herr Fabry! Ich erinnere mich, wie du mir vom Tod des „alten" Herrn Fabry, deines Vaters, erzählt hast.

*Ihr wohnt in der Beamtenwohnung direkt gegenüber dem Rathaus. Nach seiner Pensionierung verfolgt dein Vater jeden Morgen mit neidischem Blick das Kommen der alten Kollegen, sieht sie in die Mittagspause aufbrechen und spätnachmittags nach Hause gehen. An einem Tag im Mai klagt er plötzlich über Übelkeit und Herzschmerzen. Er legt sich ins Bett, der alte „Spick", euer Hausarzt seit Menschengedenken, dessen richtiger Name Spickernagel ist, schaut mehr-*

*mals vorbei und spritzt ihm Beruhigungs- und Schlafmittel. Zwei Tage nach dem Infarkt steht dein Vater noch einmal auf, um sich zu rasieren. Kurze Zeit später schläft er in seinem Bett friedlich ein.*

Ich bitte, die Überwachungsmonitore lautlos zu schalten. Eine Pflegerin bringt mir noch einen Kaffee. Ich fühle mich aufgekratzt und seltsam euphorisch. Getrieben fahndet mein Gedächtnis nach Geschichten und Anekdoten; uns bleibt nicht mehr viel Zeit für die „Weißt-Du-Nochs" und „Erinnerst-Du-Dichs".
„Papa, erinnerst du dich noch an unsere Mittagspausen?"

*Als ich aufs Gymnasium gehe, holst du mich oft von der Schule ab. Manchmal ist Ma schon zuhause, wenn nicht, erwärmst du das vorgekochte Essen in der Mikrowelle. In meiner Erinnerung lege ich nur selten Hand an, ihr erwartet es nicht und welcher Jugendliche würde aus eigenem Antrieb im Haushalt aktiv? Nach dem Essen setzt du Kaffee auf, den wir aus dicken, orangefarbigen Tassen trinken. Während deine Beine auf dem marmorierten Couchtisch ruhen, führst du die Tasse zum Mund. Es folgt ein erster, vorsichtiger Schlürfer mit charakteristischem Lippenschürzen und Heben der Augenbrauen, dann stellst du die Tasse ab. „Was macht eigentlich Schwämmi?", fragst du. Ich hole tief Luft und schimpfe über meinen Lateinlehrer, sein fehlendes didaktisches Geschick und seine autoritären Anwandlungen. Wegen seiner feuchten Aussprache nennen wir Schüler ihn „Schwämmi". Besonders, wenn er sich aufregt, sprühen tausende Spucketröpfchen aus seinem Schlund.*

„*Er soll im Krieg einen Halsdurchschuss gehabt haben, vielleicht spuckt er deshalb so schlimm*", feixt du. Zum Kaffee essen wir Plätzchen oder mit Mandeln gefüllte Schokokugeln von Aldi. Du verstehst nicht, warum Ma den Haupteinkauf immer beim Discounter erledigt, um den Rest dann in zwei weiteren Supermärkten zu besorgen. Du würdest nur zu Edeka oder Rewe gehen, denn Geld ist dir egal. Solange es ausreichend vorhanden ist – was in deinem Leben fast immer der Fall war - gibt es für dich keinen Anlass, auf die Mark oder den Euro zu schauen. „*Et jibt noch Jeld, da liwwe mer nit mie*", hätte Oma gesagt.

„Möchten Sie einen Seelsorger?" Die Frage der Pflegerin überrascht mich. Nie hätte ich daran gedacht! Nein, ich brauche keine weitere Unterstützung, Hanno ist ja da. Er sitzt schräg hinter mir, weint mit mir und hält mich. Etwas an der Szene erinnert mich an die Geburt meiner Kinder. Damals saß ich an Thomas gelehnt, er ermunterte mich und wischte den Schweiß von meiner Stirn.

„Nun stirbt er, bevor ich mich in die schwarze Hose runterhungern konnte!", scherze ich. „Was will man erwarten?", seufze ich mit gespielter Entrüstung. Du bist das Baby, mir geboren vor drei Wochen, vor drei Tagen kurz aufgestanden um jetzt wieder zu entschlafen.

Noch einmal kommt die Pflegerin mit dem feuchten Wattestäbchen, wieder zuckst du bei der Berührung deiner Wangen.

„Nur das Stammhirn, nur ein Reflex", erinnere ich mich. Aber du bist noch immer Herr Fabry, der stattliche, alte König in seinem Bett auf der Intensivstation. Ich denke an Jesus, dem ein römischer Soldat am Kreuz einen Essigschwamm gegen den Durst reichte.

Baby und König – auf den ersten Blick könnten sie gegensätzlicher nicht sein. Der kleine Mensch so hilflos und der große auf der Spitze seiner Macht. Aber war nicht - nach christlicher Überzeugung - das Baby von Bethlehem ein künftiger König? Baby und König; wenn ihnen nur eines gemeinsam ist, dann, dass sich die Menschen rund um die Uhr um sie bemühen und ihnen Befindlichkeiten und Wünsche von den Lippen ablesen. Deine Lippen sind noch rot, während die Haut um die Knie schon etwas marmoriert. Entspannt fallen deine Füße auseinander, wie unzählige Male, wenn du dich nach dem Kaffee auf dem Sofa oder im Urlaub auf einer Strandliege „strecktest" und die Liddeckel herunterklappten. Wohl deswegen nanntest du deine Nickerchen auch „Augenpflege".

*Du bist eingeschlafen, auf deinem Bauch „Tee und Toast" oder „Wer stirbt schon gerne unter Palmen" - leichte Siebzigerjahre-Urlaubskost. Im Sand neben dir steht die gelbe Delial-Flasche, Schutzfaktor 2. Meistens lasse ich mich nur am ersten Urlaubstag eincremen und widerstehe euren Sonnenbrandwarnungen. Wenn nach ein paar Tagen meine ungecremte Haut tiefbraun, Mas nachlässig gecremte hellbraun und deine überaus sorgfältig behandelte Haut hellrot ist, gebt ihr auf. Ohnehin ist die duftend weiße Lotion nach wenigen Einsätzen von Sandkörnern durchsetzt, was beim Eincremen zu einem unangenehmen Schmirgeleffekt führt. Nach der Mittagsruhe teilen wir die Bocciakugeln auf, du bekommst immer die gelben, Ma die grünen, ich die blauen, weil blau meine Lieblingsfarbe ist. Das Klackern der bunten Kugeln und der Geruch des lackierten Holzes gehören zu unseren Sommern wie dein schwarz-rot-blau gestreifter Bademantel. Wenn ich nach einem Strandtag müde in meinem Hotelbett liege, klingen vom Balkon leise eure Stimmen herüber, wo ihr den Tag bei einem Glas Rotwein ausklingen lasst und vielleicht eure Zweisamkeit genießt. Ich liebe unsere Sommerreisen in den Süden. Im Herbst und im Frühjahr hingegen fahren wir in die Berge. Das finde ich langweilig.*

## Beethovens Fünfte

Wie ein verzweifeltes Kind lege ich meinen Kopf immer wieder auf deine Brust. Ich schluchze an deinem Hals, an dem bald der Puls versiegen wird. Dann wende ich mich um und schluchze an dem anderen Hals, dem anderen Puls, als wechselte ich zwischen den Zeiten. In Hanno schlägt die Zukunft, während in dir die Vergangenheit immer schwächer pocht. Ich nehme einen Schluck des kalten Kaffees.

„Vielleicht kommst du bald zurück zu deinen Eltern und zu Marlene", flüstere ich. „Schau mal, vor 86 Jahren haben sie dich erwartet und jetzt erwarten sie dich wieder. Irgendwann kommt Ma zu dir und viel später auch ich. Dann sind wir alle wieder zusammen!"

Der Gedanke an das endgültige Nichts ist so unerträglich, dass er mir in diesem Moment eine hinreichende Erklärung für den Glauben an ein Leben nach dem Tod, eine Vereinigung mit den Ahnen, Wiedergeburt und die Existenz von Religionen überhaupt bietet.

Noch schlägt dein Herz an meinem Ohr. Pum, Pum, Pum, Puuum.

Wie das Erkennungssignal der BBC, deren Nachrichtensendung ihr in verdunkelten Zimmern heimlich lauschtet. Die Anfangstakte - Pum, Pum, Pum, Puuum - sind der Fünften Symphonie Beethovens entlehnt und würdigen das Deutschland der Dichter und Denker. Zugleich stellen sie das Morsezeichen dar für den Buchstaben „V" wie „Victory", für den Sieg über das Deutschland der Hetzer und Mörder. Mit ihrer viermaligen Wiederholung gleichen die Paukenschläge einem dumpfen

Klopfen an der Tür: „Hier ist England, wach auf!"

„Papa, du hast mir so oft vom Krieg erzählt", hauche ich an deine Brust, die sich noch immer hebt und senkt.

*„Stalinorgeln", „Flak" und „Stukas" sind mir seit früher Jugend vertraute Begriffe. Oft sitzen wir beide fasziniert vor dem Fernseher, wo die Vergangenheit in Schwarz-Weiß-Dokumentationen noch einmal lebendig wird, Goebbels ins Mikrofon brüllt: „Wollt ihr den totalen Krieg?", wo Städte brennen und Menschen fliehen. Wo der „Führer" mit zitternder Hand Jungen in abgetragenen Uniformen die Wangen tätschelt, während an den Fronten ausgemergelte, halb erfrorene Soldaten in die Gefangenschaft wanken.*

# Amerika ist reich

Anders als Ma, die als Kind die Bombennächte im Ruhrgebiet erlebt hat, sind dir die schlimmsten Schrecknisse des Krieges erspart geblieben. Vielleicht hat sie sich deshalb nie zu uns gesetzt, wenn auf dem Bildschirm Bomber ihre Fracht abwarfen und die Kamera über verkohlte Tote in den Trümmerbergen zerstörter Städten fuhr.

Als Kleinstadt in einigem Abstand zu Köln, blieb Bergheim von Bombenangriffen weitgehend verschont. Du kanntest Mangel und Hunger, aber in deinen Erinnerungen war der Krieg ein Abenteuer, das du am Küchentisch mit kleinen Blechsoldaten und im Bethlehemer Wald mit deinen Kameraden in aufregender Nähe zu einer dort stationierten Flakabwehreinheit nachspieltest. Wie hast du dich gefreut, als nach monatelangem Quengeln deine Eltern einen echten Soldaten in eurer Wohnung einquartierten! Leider verbrachte er seine karge Freizeit lieber bei seinem „Liebschen" in Steinstraß, was dir als Elfjähriger unbegreiflich war. Dein Vater war zu alt, um eingezogen zu werden. Allerdings musste er in den letzten Kriegswochen an der Heimatfront vor dem Aachener Tor Sandsäcke aufschichten - als Bollwerk gegen die vorrückenden Amerikaner. Am 28.Februar 1945, auf den Tag genau 72 Jahre vor deinem Tod und kurz vor deinem 14. Geburtstag, nahmen sie, den realen Sandsäcken und der nur in eurer Fantasie existierenden „Geheimwaffe" zum Trotz, Bergheim ein. Ihr Kinder wart zunächst misstrauisch gegenüber den Amerikanern; die Aussicht auf Kaugummi, Schokolade und ein Probesitzen auf Armeewagen und Panzern ließen euch jedoch bald ihre Nähe suchen. Gefürchtet habt ihr euch allenfalls vor den farbigen Soldaten, von denen die Erwachsenen erzählten, dass sie mit Messern herumliefen, um Kinder aufzuspießen. Wahrscheinlich warst du als 14-Jähriger trotz Nazi-Propaganda schon zu alt, um solche Märchen zu glauben. Und alt genug, um eine andere Gefahr zu ahnen.

Eine Weile lebte deine Familie zusammen mit ein paar Nachbarn im Keller eures Hauses, weil „der Ami" in der Wohnung über euch eine Gruppe Soldaten einquartiert hatte. Einer der jüngeren kam immer wieder in den Keller und machte eindeutige Gesten gegenüber den Frauen. Eine Nachbarin nahm schließlich ihren Mut zusammen und wandte sich an den Offizier. „Wänn es solltä widdarr vorkommen, klopfen Seij mit Besenstil an dä Däcke." Deine Mutter klopfte an die Decke, der Offizier kam und schlug dem Übeltäter mehrmals mit seiner Reitpeitsche ins Gesicht. Hast du Angst um deine Mutter und deine Schwester Marlene gehabt? Was haben die Frauen im Keller, was hat deine Mutter erlebt, bevor Sie mit dem Besenstil an die Decke klopfte? Ist ihnen wirklich nichts geschehen? Gibt es auch in unserer Familie ein Familiengeheimnis?
Manchmal durftet ihr kurz nach oben, um ein paar Habseligkeiten zu holen und wart über den Zustand der Wohnung erschrocken.
„Ammerrika ist rreich, wir wärrden Ähnen älläs ärsätzen", sagte der Offizier nur.
Für dich waren die Jahre von 1939 bis 1945 ein prägender Lebensabschnitt voller Abenteuer und Umbrüche und mit für die Zeit wenigen Gewalterfahrungen.
Mir geht ein Satz aus einem Buch durch den Kopf, das ich vor kurzem gelesen habe: „In jedem Moment fällt ein Mensch aus der Welt, dem der

Krieg eine Erinnerung war". Du bist einer von ihnen. Jetzt ist es an dir zu fallen. In meiner Vorstellung rollt ein Fließband. Unaufhörlich werden neue Menschen aufgelegt, während am anderen Ende welche hinunterfallen. Oder ist es ein Fluss, der auf seinem Weg von zahlreichen Zuflüssen gespeist wird und irgendwann ins Meer mündet?

„Möchtest du mit ihm alleine sein?" Hanno holt mich in die Gegenwart zurück, in den Raum, der dein Sterbezimmer sein wird.

Ich nicke. Es gibt Dinge, die ich nicht vor ihm sagen möchte, aber noch sagen muss, manche zum ersten Mal.

## Totärgern

Als Hanno gegangen ist, sprudelt es aus mir heraus.

„Papa, ich weiß, du hast mich geliebt, aber ich glaube, Ma hast du dein ganzes Leben geschützt, auch vor mir. Vielleicht, weil ich ihr Sorgen gemacht habe, bevor ich überhaupt geboren war!"

Mas Schwangerschaft hatte lange auf sich warten lassen. Als sie endlich schwanger war, erbrach sie sich drei Monate lang jeden Tag unzählige Male, manchmal bis zur Ohnmacht. Es folgte meine Geburt, deren Schmerzen sie als „infernalisch" schilderte. Kurz danach war ich es, die sich erbrach, war ich die täglich Gewogene und für zu leicht Befundene. Die Ärzte tippten auf Magenpförtnerkrampf, eine Modediagnose in den Sechzigerjahren. Ihr habt zwei Monate um mein Leben gebangt. Nachdem ich über den Berg war, wurdest du entspannter, aber Ma machte sich weiter Sorgen, zu denen sich mit meinem Heranwachsen Ärger und Enttäuschung gesellten. Mein Eigensinn verleitete sie zu dem Satz: „Du ärgerst mich noch tot".

Sie sprach ihn nicht bei jedem „Fehlverhalten", aber oft genug, ihn lebenslang in meine Seele einzubrennen – zusammen mit der Überzeugung: Meine Lebe genügt nicht, ich genüge nicht.

„Ich habe Ma bis heute nicht totgeärgert! Ihr Leiden und ihr Schmerz haben ihre Ursachen in ihrer Kindheit, nicht bei mir. 'Du ärgerst mich noch tot' - wusstest du überhaupt von diesem Satz, Papa?"

*Es ist später Abend. Ich kann nicht einschlafen. Mein Herz klopft. Ich denke an Chaim, den ich im Frühjahr in einem israelischen Kibbutz kennengelernt habe.*

*Nach meiner Rückkehr ist meine Sehnsucht so groß, dass ich überlege, die Schule ein Jahr vor dem Abitur zu schmeißen, um zu ihm zu gehen. Endlos bemühe ich mich um euren Segen, ich brauche ihn, denn ich bin ein anhängliches Kind. Eure Schlafzimmertür quietscht. Durch die Glastür meines Zimmers sehe ich verschwommen, wie ihr euch – Ma auf dich gestützt - den kurzen Flur des Bungalows Richtung Toilette bewegt. Seit einigen Wochen leidet sie unter Herzbeklemmungen. Vielleicht hat es mit mir zu tun. Ich mache ihr wieder Sorgen. Mein Herz klopft.*

*Irgendwann nimmst du mich beiseite: "Reiß dich zusammen, du siehst doch, wie wenig belastbar die Ma ist. Wenn du die Schule unbedingt abbrechen willst, um zu diesem Tünnes zu fahren, dann mach es endlich, sie geht an den ewigen Diskussionen noch kaputt."*

Ich wuchs heran, hin und hergerissen zwischen anhänglicher Bindung und dem Wunsch nach Abenteuer. Anders als Ma hast du mein Heimweh verstanden, auch mein Fernweh, nicht jedoch mein unberechenbares Pendeln zwischen beiden. Ich habe es lange Zeit selbst nicht verstanden. Es zog mich in die Welt hinaus und zugleich fühlte ich mich mit einer unsichtbaren Sorgenschnur an Ma gebunden, ich glaubte ganz fest: Ohne mich wäre sie verloren. Tot.

Von wenigen Momenten abgesehen, habe ich meine Angst um Ma gut verborgen, denn ein angst- und sorgengepeinigtes Kind hätte nicht in euer Bild vom lebensmutigen, unversehrten Menschen gepasst, den ihr so gerne ins Leben entlassen hättet. Du ahnst vermutlich gar nicht, dass „deine" *beiden* Frauen unter Sorgen und Verlustängsten leiden!

„Papa, ich hätte mir von dir gewünscht, dass du mich mehr unterstützt und mir gesagt hättest, dass ich meinen eigenen Weg gehen darf. Das habe ich vermisst!"

Unbeeindruckt liegst du vor mir. Längst hast du dich auf den Weg gemacht, niemand und nichts kann dich halten. Der schmächtige Oberarzt schaut zur Tür herein. Er wirkt noch blasser als sonst und übermüdet von einer langen Schicht. Er nickt mir freundlich zu und kurz darauf höre ich ihn in Leonid Breschnews Zimmer mit anderen Ärzten beraten. Ich betrachte die großen blaugrauen Verästelungen an der Innenseite deines Handgelenkes mit dem bald versiegenden Puls. Ich fasse deine Hände.

„Wir hatten auch viel Schönes miteinander, Papa. Ich erinnere mich an viele verständnisvolle Momente, wo andere Eltern entsetzt gewesen wären!"

# Nach Hause 2

*Das Telefon auf dem Studentenheimflur besitzt eine lange Strippe, die jedoch nicht bis in mein Zimmer reicht. So warte ich ab, bis ich mir sicher bin, dass niemand mithört. 02271-14990. Ich rechne fest mit Ma am anderen Ende der Leitung, aber es ist Freitagnachmittag und du bist früher von der Arbeit gekommen. Ich hole tief Luft: "Du erinnerst dich doch noch an Daniel, den Israeli, mit dem ich im Winter kurz zusammen war. Vor ein paar Wochen haben uns wiedergesehen und eines der Treffen ist nicht ohne Folgen geblieben", erkläre ich hölzern. Noch ehe du etwas erwidern kannst, haste ich weiter, um es hinter mich zu bringen. "Aber ich will jetzt kein Kind und deswegen war ich heute beim Frauenarzt."*

*"Du armes Kind", meinst du nur. "Soll ich dich abholen?"*

*Gegen Abend fährst du mit der "heiligen Kuh" vor dem Studentenheim vor. Seit langem nennen wir den Audi 100 und seine Nachfolger nur die "heilige Kuh", denn du bist peinlich darauf bedacht, Bonbonpapiere und sonstige Abfälle von ihrem allerheiligsten Inneren fernzuhalten. Auch scheust du dich, mir als Fahranfängerin die Familienkutsche, die eigentlich deine Kutsche ist, auszuleihen und verweist mich an Mas Kleinwagen. Unterwegs halten wir bei "Campo", der Eisdiele meiner Kindheit, wo wir wie gewohnt zwei Spaghetti-Eis "für die Weiber" und einen gemischten Becher für den "Haushaltsvorstand" ordern. Später genießen wir zu dritt den warmen Frühsommerabend auf der Terrasse.*

Dein Mund steht weit offen. Manchmal stockt dein Atem auf halbem Weg, wie früher, wenn du Mittagsschlaf hieltest. Hättest du überlebt, wenn du schon im Januar ins Krankenhaus gegangen wärest, als du zum ersten Mal verwirrt nach den richtigen Worten suchtest? Wären deine Chancen besser gewesen, wenn wir dich direkt in die Uniklinik gebracht hätten? Warum nur bin ich gestern Abend erst spät zu dir gekommen? Vielleicht warst du um sechs oder sieben Uhr noch wach und wir hätten „richtig" miteinander sprechen können; oft hört man, dass ein Mensch kurz vor dem Ende noch einmal ganz klar ist! Hast du auf mich gewartet und bist schließlich vom Schlaf überwältigt worden, der in einen ewigen Schlaf mündete?

Deine Hände – jetzt frei von Infusionszugängen - sind noch warm, ich taste nach der vertrauten Pocke an deinem Gelenk, traue mich aber nicht, deinen Puls zu suchen. Du schnarchatmest unbeteiligt.

„Es heißt, jemand ist erst tot, wenn er vergessen ist, also der letzte Mensch stirbt, der ihn gekannt hat", flüstere ich. „Es wird sehr lange dauern, bis du vergessen bist. Wenn Tabitha so lange lebt wie du, sind es immerhin noch 67 Jahre. Das ist viel Zeit." Mein Blick schweift durch den Raum, der dir eine Chance gegeben hat, hält noch einmal bei der italienischen Landschaft an der Decke inne, wo die Sonne unverändert strahlt. „Il sole mio, sta in fronte a te". In wenigen Stunden wird dein Platz neu besetzt sein und jemand anderes seine Chance erhalten. Nachdem sie sich an die Intensivstation mit ihren Gerüchen und Geräuschen gewöhnt haben, werden andere Töchter, Enkel und Ehepartner das Toskana-Bild entdecken und ihre eigenen Geschichten dazu erzählen.

## An der Frühlingsschwelle

Die letzten Februartage sind besondere Tage im Leben unserer Familie. Vor 53 Jahren – ihr hattet deine Beförderung mit Sekt gefeiert - habt ihr mich gezeugt. An einem warmen Wintertag vor genau 25 Jahren, erste leichte Wehen kündigten Jonas' Geburt an, fuhr ich mit Thomas nach Köln, um noch ein paar Babysachen einzukaufen. Später genossen wir am Decksteiner Weiher die Nachmittagssonne, bevor wir uns in die Klinik aufmachten. Fast auf den Tag genau ein Jahr später kam Thomas von der Beerdigung seiner Oma aus Plön zurück. Seine Weichheit und Verletzlichkeit berührten mich und waren der Beginn von Leas Leben. Vier Jahre später, am Abend meiner Rückkehr von einer Mutter-Kind-Kur, vielleicht waren es nun meine Weichheit und Verletzlichkeit, die ihn berührten, begann Tabithas Leben.
Aber es war ein Tag Ende Februar vor 52 Jahren, ohne den es alle weiteren „Jahrestage" nicht gegeben hätte.

*Am Ende des Winters öffnet sich die Glastür zum Saal der verlassenen Kleinen, eine Nonne nimmt ein wundes und eingefallenes Bündel aus dem kalten Eisenbettchen und bringt es in den Entlassungsraum. Dort wartet ihr zusammen mit Oma. Eure Freude ist von der Angst vor der großen Verantwortung durchsetzt, als ihr mich in den vorbereiteten Korb packt. Weich gebettet, eingerahmt von sandgefüllten Steinhäger-Flaschen und mit einer kuscheligen Decke zugedeckt, nehmt ihr mich nach Hause. „In Ihrer Haut möchte ich nicht stecken", gibt euch der Chefarzt zum Abschied auf den Weg.*

Die Tür schloss sich hinter unserer kleinen Familie, aber etwas blieb in dem Raum hinter der Glasscheibe und trennt mich von den Menschen, bis heute. Auch von euch. Alle zwei Stunden klingelte euch der Wecker aus dem Schlaf; mein Hunger war zwar grenzenlos, aber zum Schreien fehlte mir entweder die Kraft oder die Krankenhausmonate hatten mich von seiner Vergeblichkeit überzeugt. Oft hast du erzählt, wie ich auf deinem Schoß mit großen Augen den roten Knopf des Flaschenwärmers beobachtete und - wenn er endlich aufleuchtete - mein ganzer Körper vor Erwartung zu beben begann.

„Du bist fast 86 Jahre alt geworden. 43 davon hattest du eine Mutter", erzähle ich dir. Meine eigene Lebensmitte liegt jetzt, da ich mein erstes Elternteil verliere, längst hinter mir, kommt es mir in den Sinn.
Ich versuche, dich mit dem Tod zu versöhnen, der unaufhaltsam näher rückt. „Du bist immer gesund gewesen, brauchtest nie einen Rollator und auch die Demenz ist dir erspart geblieben. Ich glaube, alles in allem hattest du ein gutes Leben." Zahlen blitzen durch meinen Kopf: 43, 684, 278, 64, 431 ,70, 25, 86, 67, 19 und immer wieder 278, die du vor einigen Tagen (oder war es erst gestern?) mehrmals erwähnt hast. Was hat es damit auf sich? Ich kann dich nicht mehr fragen. Was werden am Ende „meine Zahlen" sein? 28, 2, 17, 1992,1993, 1997 oder 1948? Vielleicht werden mir keine Zahlen, sondern Länder- oder Ortsnamen wie Schevenhütte und Kfar Hamaccabi über die trockenen Lippen kommen. Eine Pflegerin wird ein Wattestäbchen befeuchten - „Frau Fabry, sie haben so einen trockenen Mund" - während ich weitermurmele. Shoreham-by-Sea, Caminha.

## Der vorletzte Zeuge

Ich packe Wecker und Babybild ein, die ich dir am Tag der Extubation aus Bergheim mitgebracht und auf deinen Kliniknachttisch gestellt habe. Das Bild hast du aufgenommen, nachdem ich mich vom mageren Februar-Baby zu einem Mai-Wonneproppen gemausert hatte. Du brauchst Wecker und Bild nicht mehr, denn das Baby ist längst erwachsen. Mit dir geht der vorletzte Zeuge, der es gekannt hat, wie es mit großen, neugierigen Augen in die Kamera schaute. Zusammen mit dem Wecker verschwindet es im Jutebeutel.

„Ich schaffe es nicht, bis zum Schluss zu bleiben Papa. Ich könnte nicht ertragen zu sehen, wie sie dir den Sauerstoff wegnehmen und dein Atmen immer schwächer wird."

Nie würdest du erwarten, dass ich bis zuletzt bei dir wache, wenn es mir schwerfällt. „Geh ruhig nach Hause, Liebchen, du hast so lange und oft hier gesessen", sprichst du in meinen Gedanken. „Du musst nicht dem alten Klütt beim Sterben zusehen. Ich bekomme das schon alleine hin!"

„Wirklich?"

„Ja Liebchen. Das haben schon Andere vor mir geschafft. Es ist der Lauf der Dinge."

Noch einmal lege ich meinen Kopf auf deine Brust, sauge ein letztes Mal den Duft von Bübchenlotion und Zitronenöl in mich ein.

„Dann gehst du jetzt deinen Weg und ich meinen", flüstere ich. Kalt und abgedroschen klingen meine Worte. Als ob du dich entscheidest, diesen Weg zu gehen, weil er dir mehr Entwicklungsmöglichkeiten gibt oder die Aussicht auf etwas Spannendes, Neues bereithält. (Davon abgesehen hast du, das Berufsleben ausgenommen, nicht oft das Neue gesucht, sondern warst zufrieden mit dem, was du hattest und warst. Du ließest dich von Ma zum Joggen und Tennisspielen hinreißen, es machte dir Freude, aber es hätte dir nichts gefehlt, wenn dein Sport weiterhin aus Spazierengehen, Rasenmähen und gelegentlichem Schwimmen bestanden hätte. Ebenso wenig hätte es dich gestört, dein Leben im 100m$^2$-Bungalow zu beschließen, statt noch zwei weitere Male weitaus großzügiger zu bauen.)

Auch ich suche mir nicht aus, mein weiteres Leben ohne dich zu gehen. Wir folgen nur dem Gesetz des Lebens.

„Wir sind einen langen Weg zusammen gegangen, nun ist er zu Ende. Ich gehe jetzt Papa", schluchze ich.

Und dann wende ich mich zur Tür, dein schnarchendes Atmen im Rücken. Ich drehe mich nicht mehr um. Draußen ziehe ich zum letzten Mal den Papierkittel aus und verabschiede mich von den Ärzten. Ich wünsche mir, dass es schnell geht und ich dieses Haus nicht noch einmal betreten muss.

„Wir rufen Sie an", sagt der kroatische Arzt zum Abschied.

Hanno fährt mich nach Hause. Der schwerste Gang meines Lebens, die Fahrt zu Ma ins Krankenhaus nach Bergisch Gladbach, steht mir noch bevor. Die Szene liegt schon lange wie ein Damoklesschwert über mir. Unzählige Male bin ich sie durchgegangen: Dir oder Ma mitzuteilen, dass der geliebte Partner „eingeschlafen ist", „nicht mehr wiederkommt", tot ist! Es ist schlimmer, als einen Elternteil zu verlieren. Dennoch oder gerade deswegen möchte ich Hannos Begleitung nicht. Zu meiner Erleichterung warne ich Ma am Telefon, bevor ich mich auf den Weg zu ihr mache.

„Es ist nicht wahr!", fast ruft sie es in den Hörer, bevor sie mehrmals ein langgezogenes „Nein" schluchzt.

Bevor ich ihr Krankenzimmer betrete, schalte ich mein Handy lautlos. Ich möchte die Todesnachricht nicht in ihrem Beisein erhalten.

„Pa geht es sehr schlecht, er wird es nicht schaffen."

Sie versteht, dass du stirbst und es keine Hoffnung mehr gibt.

„Aber noch ist er nicht tot, nicht wahr?", vergewissert sie sich immer wieder.

Als ich sie aufgelöst und fassungslos in ihrem Krankenzimmer zurücklasse, schalte ich das Handy ein. Das Display meldet mir den erwarteten Anruf der Uniklinik. Ich fahre hinunter in die Wirbelsäulen-Ambulanz, wo wir im letzten Frühjahr noch zu dritt das Vorgespräch für Mas Rücken-Operation führten. Um diese Uhrzeit – mittlerweile ist es halb acht – sind der Wartebereich und die angrenzenden Flure wie ausgestorben. Ruhig wähle ich die Nummer aus dem Display. Du bist um kurz nach sechs gestorben, weniger als zwei Stunden, nachdem ich dich auf der Intensivstation zurückgelassen habe. Wovor ich mich so lange gefürchtet habe, liegt hinter mir! Auf dem Weg zum Parkhaus höre ich die letzten Vögel zwitschern. Morgen früh werden sie wieder zwitschern, wie sie es vor fast 86 Jahren am Tag deiner Geburt gemacht haben, immer machen werden. Die Sonne wird auf- und untergehen, ohne dich. Ich fahre auf die Autobahn, nach einer Weile tauchen die hellgrün angestrahlten Pfeiler der Rodenkirchener Brücke vor mir auf. Wie oft sind wir hier zusammen hinübergefahren, vom oder zum Flughafen, zum Weihnachtsbaumschlagen im Bergischen, auf dem Weg zum Wanderurlaub ins Sauerland und zu Mas erster Operation nach Bergisch Gladbach. Unter mir glitzert der dunkle Rhein, wie in den Nächten auf dem Weg zu Jonas' und Leas Geburt in Bensberg. Flussabwärts erkenne ich die Bögen der Südbrücke und die Umrisse des Doms. Bei Rewe hole ich mir eine Funghi-Pizza und eine kleine Flasche Rosé. Ich schalte den Fernseher ein und sinke aufs Sofa.

# SpurenSuche 1

*Ich bin mit Tabitha zu Besuch in Bergheim. Sie ist noch ein Baby und liegt nackt in einer kleinen Sandkiste, aber es geht ihr gut. Euer Haus hat einen Wasserschaden, der Flur ist schon überschwemmt. Ich versuche, die Ursache des Schadens zu finden, kontrolliere Waschmaschine und Spülmaschine, finde die Quelle jedoch nicht. Um den Schaden zu begrenzen, räume ich den Flurteppich beiseite. Darauf liegt ein toter schwarzer Vogel, wohl Beute einer eurer „Plüschkatzen", die ihn angefressen, dann aber das Interesse verloren hat. Ma fasst seinen Flügel, um ihn zur Haustür hinauszuwerfen. Ich gehe ihr voraus, als es klingelt. Du stehst auf der Treppe, um einiges jünger als zuletzt, eingerahmt von einem alten Ehepaar. Die Frau hat schwarze, etwas gelockte Haare auf dem Kopf, der eigentlich nur eine Verdickung am Ende des Halses ist. Auf dem Kopf des Mannes finden sich noch einige schüttere, graue Haare. Du sagst: „Ich komme euch besuchen!"*

Tatsächlich kommst du nur noch in meinen Träumen, meistens als flüchtiger Gast, der bald nach der Begrüßung wieder verschwindet. Am Tag sind es kleine Spuren, die mich für kurze Momente glauben lassen, du wärest nur vorübergehend verreist.
Der handgeschriebene Zettel mit deinem Geburtstagswunsch. Irgendwann im Januar hast du ihn mir beim Abschied überreicht, seitdem liegt er in der Mittelkonsole und begleitet mich bei jeder Autofahrt. Es war immer schwer, deine Wünsche zu ermitteln, eigentlich hattest du keine. Aber zu deinem 86. Geburtstag sollte es Beethovens „Neunte Sinfonie" sein. Manchmal, wenn mein Blick auf das weiße Papier mit deiner

blauen Schrift fällt, die ihren Sütterlin-Ursprung nie verleugnen konnte, nehme ich mir fest vor, dir die CD zu kaufen. Wenige Momente später fällt mir ein, dass dein Geburtstag ohne dich verstrichen ist. Weil du tot bist. Eines Tages kommt mir eine Idee und ich bestelle die CD noch am selben Abend.

Die Schornsteinfegerrechnung mit dem Vermerk „erledigt, 7.2.", dem Tag, bevor du ins Krankenhaus kamst. Ich lege Rechnung und Wunschzettel in das „Gedenkkistchen" zu den Kassetten mit dem Interview, das ich vor einigen Jahren mit dir geführt habe und in dem du aus deinem Leben erzählst. Das Kistchen füllt sich schnell mit weiteren Erinnerungsstücken wie deinen alten Stofftaschentüchern, Fotos und losen Zetteln, auf denen ich deine Redewendungen und Sprüche notiere, die mir manchmal plötzlich in den Sinn kommen.

Der Augenarzttermin, den du im Küchenkalender für März eingetragen hast. Mir kommt es vor, als seist du mitten aus dem Leben gerissen worden. Ich bin mir bewusst, dass die Phrase „mitten aus dem Leben" Unfall- und Gewaltopfern vorbehalten ist, in jedem Fall aber jüngeren Menschen. Der Mutter, welche gerade noch die Einschulung ihrer Kinder erleben darf oder dem Mann, der auf dem Höhepunkt seiner Karriere den Kampf gegen den Krebs verliert. Im „Büröchen", deinem Computer- und Arbeitszimmer, finde ich einen Zettel mit der Bleistiftnotiz „Norderney, April?"

*Im Sommer 1960 zieht es dich mit deinen Kegelbrüdern nach mehreren Italien- und Österreichurlauben zum ersten Mal nach Norderney. Auf einem Tanzabend im Kurhaus fällt dein Blick auf eine Frau. Sie ist schlank und sportlich und zieht dich mit ihren hochgesteckten brünetten Haaren und ihren grünen Augen sofort in ihren Bann. Ihr tanzt fast den ganzen Abend. Ein Fotograf hält die ersten Stunden eurer Begegnung fest: Du – wie damals üblich – in Anzug und Schlips, die junge Frau in enganliegendem weißen Kleid. Deine Hände halten ihre Unterarme umfasst, ihr lächelt in die Kamera. Gegen Ende des Abends verliert ihr euch aus den Augen und so verbringst du die letzten Tage vor deiner Abreise in geduldiger Suche nach ihr. Es ist ein Bilderbuchsommer, alle sind am Strand. Das grenzt den Ort zwar ein, macht es aber nicht einfacher, denn von der Uferpromenade bietet sich ein Anblick, der Ali Migutsch zur Ehre gereicht hätte: Ein Wimmelbild aus Sonnenhungrigen zwischen Sandburgen und weiß-blauen Standkörben, bunten Wasserbällen und Lenkdrachen. Am zweiten Tag deiner Suche entdeckst du Ma mit ihrer Freundin in einem Strandkorb.*

Ich blicke vom Notizzettel auf und lasse meinen Blick über dein „Büröchen" schweifen, das für Außenstehende nur schwer eine Ordnung erkennen lässt. Am beeindruckendsten ist für mich der Kontrast zwischen PC, Scanner und Drucker, die festungsgleich in der Mitte des Schreibtisches thronen, und dem in die Jahre gekommenen und mit leichten Rostspuren überzogenen „Jaköbchen", einem schwarzen Locher, der in einer Schublade neben verbogenen Büroklammern und eingetrocknetem Tipp-Ex sein trauriges Dasein fristet. Mit fischähnlicher Sicherheit bewegtest du dich seit vielen Jahren im Ozean des Internets zwischen Mailprogramm, Onlinebanking, Reiseportalen, Focus-Ärztelisten und Windows-Dateien. Darüber ist wohl die traditionelle Buchhaltung etwas ins Hintertreffen geraten. Alte Aktenordner platzten aus den Nähten, neue legtest du nicht mehr an, sondern sammeltest wichtige Unterlagen in mehreren Plastikkörbchen. Jedenfalls hast du den Überblick behalten und ließest dir ohnehin von niemandem reinreden. Das „Büröchen" war dein Revier.

Warum habe ich deinem versiegenden Atmen den Rücken gekehrt, warum nicht den Seelsorger an dein Sterbebett kommen lassen? Vielleicht hätte er meine Angst vor dem großen Unbekannten gemildert und mich zum Bleiben bewegt. Ich bin verschwunden aus Angst vor dem, was mich noch erwartete. Zugleich drängte es mich, den schweren Gang zu Ma hinter mich zu bringen und es fiel mir leichter, ihr die Nachricht von deinem baldigen Tod zu überbringen als von deinem Tod. Hat etwas in dir mein Gehen bemerkt, hast du dich verlassen gefühlt? Oder warst du schon zu weit weg von mir, von dieser Welt, um überhaupt etwas zu wahrzunehmen? Immer wieder stelle ich mir diese Fragen, bis sich wärmender Trost über meine Selbstvorwürfe legt. Dein letztes Telefonat mit Ma hast du von *meinem* Handy geführt. „Ich vermisse dich auch", waren deine Abschiedsworte, von denen noch niemand wusste, dass es endgültige Abschiedsworte waren. Wann wohl hast du zum ersten Mal ihre Stimme am Telefon gehört? War es kurz nach der Rückkehr aus Norderney? Sicher habt ihr euch - wie damals üblich - per Brief oder Telegramm zum Telefonieren verabredet. Zur vereinbarten Zeit bist du zu einem Freund oder Nachbarn gegangen, der schon stolzer Besitzer eines Privatanschlusses war, dein Herz klopfte vor Vorfreude, aber ihr fasstet euch kurz, denn Telefonieren war teuer.

*Ich* war es, die dir im Frechener Krankenhaus deine letzte richtige Mahlzeit gefüttert hat: Püriertes Gulasch mit Kartoffelbrei. In *meinem* KIA Cee'd hast du deine letzte Autofahrt gemacht und *ich* war Zeugin deines ersten Blinzelns nach dem Koma. Deine letzten Worte galten *mir*. „Tschüss Engelchen".

Ich räume deine Krankenhaustasche aus, die seit deiner Verlegung in die Uniklinik im Kofferraum mitfährt. Der bunte Jogginganzug ist sauber, ich lege ihn in deinen Schrank, einen getragenen Schlafanzug werfe ich mit größter Selbstverständlichkeit in den Korb vor der Waschmaschine. Deine Brille, ohne die du für mich undenkbar warst, ist nicht in der Tasche, vermutlich habe ich sie im Frechener Krankenhaus vergessen. Das Gebiss und dein Hörgerät, das du nur selten getragen hast, werfe ich weg und bin überrascht, wie leicht es mir fällt.

*Ich schiebe einen Kinderwagen. In einiger Entfernung vor mir gehst du mit deinen Enkeln und Thomas, den du immer sehr gemocht hast. Ein guter Vater und Ehemann war er, handwerklich begabt und intelligent, dabei gutaussehend. Obendrein hat er eine beachtliche Karriere gemacht. Der ideale Schwiegersohn. „Der Mann muss doch irgendeine Schwäche haben", sinniertest du manchmal laut. Plötzlich seid ihr alle weg, aber nur dein Verschwinden sorgt mich. Jemand sagt: „Du musst den Bestatter fragen, der weiß, wo er ist." Der Bestatter meint: „Vielleicht ist er unbemerkt in einen Bus gestiegen."*

Einige Monate später sollte sich der (Alb)Traum von deinem unklaren Verbleib bewahrheiten, wenn auch glücklicherweise nur in übertragenem Sinne. Kurz nach deinem Tod konnte ich mich nicht überwinden, dich noch einmal anzuschauen. Der Bestatter versprach, ein Foto im offenen Sarg zu machen. Als ich später nach dem Bild fragte, erzählte er etwas von versehentlich gelöschten Dateien. Ich glaube, er hat das Foto einfach vergessen. Mein Zaudern und die Unzuverlässigkeit des Bestattungsunternehmens haben dich „verschwinden" lassen. Geblieben ist deine Asche; kleine graue und sehr kleine weiße Splitter im Porzellandöschen in meiner Wohnzimmervitrine.

Als Ma zwischen ihren Krankenhausaufenthalten einige Zeit zuhause ist, sichten wir in Ruhe die Kondolenzbriefe. Einer ist von Fritz. Seine wackelige Schrift verläuft von oben links fast diagonal nach unten rechts. Er war schon lange dement und es scheint, als habe er alle verbliebenen geistigen Kräfte mobilisiert, um der Frau seines früheren Kegelbruders sein Beileid auszusprechen.
Ein anderer Brief ist von einer alten Dame; Ma sagt, sie müsste weit über neunzig sein. Sie war Sekretärin deines Vaters in der Stadtverwaltung und kannte dich noch als jungen Spund mit verwegener Haartolle, der mit vierzehn seine ersten Zigaretten rauchte, kein Fest ausließ, aber einen soliden und von den Eltern gutgeheißenen Weg einschlug. Durch den Brief der Älteren wirst du noch einmal zum Jungen. Diese Vorstellung hat etwas Tröstliches, als könntest du nicht alt, geschweige denn tot sein, solange eine Zeugin deiner Jugend lebt.

## Beethovens Neunte

Ende April, fast zwei Monate nach deinem Tod, kann in einer Krankenhauspause Mas endlich die Trauerfeier stattfinden, die wir ohne Pfarrer oder Trauerredner ganz alleine gestalten. Abgesehen von den Einschulungsfeiern deiner Enkel und hin und wieder einer Beerdigung, hast du seit Jahrzehnten keinen Fuß mehr in eine Kirche gesetzt. Ich habe die kleine Halle neben der Thorrer Kirche gemietet, denn klein ist auch die Trauergemeinde, zu der außer der Familie nur Doris, eine Freundin Mas, und Hanno gehören. Als wir eintreten, schaust du uns von deinem großen Portrait fast erwartungsvoll entgegen, als wärest du der Gastgeber und hättest auf unser Kommen gewartet. Lea hat eine kleine Diashow vorbereitet; zuerst in Schwarz-Weiß, dann in Bunt zieht dein Leben noch einmal an uns vorbei. Ma, Tabitha, Jonas und ich halten kurze Reden. Während der Zeremonie läuft im Hintergrund leise Beethovens Neunte, die du dir zum Geburtstag gewünscht hast. Zum Abschied entzündet jeder eine Schwimmkerze für dich und setzt sie auf das Wasser eines großen Steinkrugs. Ma legt, als Beigabe für deine letzte Reise, ihren Ehering in deine Urne. Nach der Bestattung in der Urnenstele fahren wir zum „Trauercafé" in den Angelpark, wo wir so viele Geburtstage miteinander gefeiert haben. Die Stimmung ist gelöst, fast heiter. Wie schrecklich muss es für Ma sein, danach in ihr leeres Haus zu kommen mit dem Wissen, nun für den Rest des Lebens alleine zu sein!

# Täuschungen

Einige Male ertappe ich mich beim Anblick der „heiligen Kuh" auf der Garagenauffahrt bei dem Gedanken, du wärest zurückgekommen. An der Tür zu eurem Haus, das jetzt Mas Haus ist, spähe ich durch die Butzenscheiben; jeden Moment wird deine schmale Gestalt die letzten Stufen der Treppe erklimmen und das Engelchen entdecken.

„Ich war bei deinem Vater", berichtet mir Onkel Johann eines Tages am Telefon.

„Wie meinst du das?", frage ich ihn allen Ernstes. Für einen kurzen Moment bist du nur vorübergehend an einem anderen Ort. Vielleicht in einer Reha im Badischen, wo dich Johann und Gertrud auf dem Rückweg von ihrem Frankreich-Urlaub besucht haben.

„Ich war mit Gertrud auf dem Friedhof", sagt Johann mit einer Selbstverständlichkeit, die mich endgültig in die Realität zurückholt. Mich berührt die Treue, mit der die beiden den Friedhof besuchen und jedes Mal einen Blumenstängel oder Zweig an deiner Urnenstele hinterlassen. Für mehr ist in dem schmalen Glasröhrchen, das ich mit Draht an der Stelentür befestigt habe, kein Platz.

*Ich besuche dich im Krankenhaus und betrachte deine Hände und Finger. Sie sehen gesund und gut durchblutet aus, die Nägel haben einen leichten Glanz. Du bist ganz in Weiß gekleidet und kannst Arme und Beine bewegen. Später besuche ich euch in Bergheim. Nun bist du fast wieder der Alte. „Wenn du das nächste Mal stirbst, bleibe ich bis zum Schluss bei dir", verspreche ich.*

Deine Spuren sind überall. Der gestreifte Bademantel, den du für euren ersten gemeinsamen Urlaub gekauft hast und der für mich ebenso untrennbar mit dir verbunden ist wie deine Brille, hängt noch viele Wochen im Saunakeller, bis ich ihn als Andenken mit nach Hause nehme. Der von Ma ungefähr zur selben Zeit gestrickte Norwegerpullover liegt bis zum Frühsommer über der Lehne deines „Chefsessels" im „Büröchen". Ein anderes Kleidungsstück hingegen fehlt: Die kurze Lederhose mit Brustgeschirr. Sie war die Freizeit- und Urlaubshose deiner Junggesellenzeit. Was schlimmer war und letztlich ihr Schicksal besiegelte: Sie wurde deine Lieblingskluft bei der Gartenarbeit. So sollte ein Mann nicht herumlaufen, zumindest nicht ihrer, befand Ma und gab die Lederhose zur Altkleidersammlung.

Wenn ich aus Bergheim wegfahre, schaue ich oft in den Rückspiegel in Erwartung des alten Bildes, wie ihr beieinandersteht und mir zum Abschied winkt. Du bist nicht mehr da und Ma ist der Weg auf den Wendehammer zu beschwerlich geworden. Geblieben ist euer weißes Haus mit den liebevoll bepflanzten Blumenkästen und der Garagenauffahrt samt „heiliger Kuh"; meine Eltern aber, so scheint es, hat die Zeit wegretuschiert.

Auch die Welt draußen braucht eine Weile, den Tod eines Menschen zu realisieren. Noch viele Wochen kommen an dich adressierte Briefe und Anrufe, die Ma jedes Mal ins Mark treffen. Sie hat trotz des großen Verlustes und der vielen Krankenhausaufenthalte – mal ist es ein diabetischer Fuß, mal die Hoffnung auf eine Schmerzpumpe und schließlich eine zweite Rücken-Operation - einen Lebenswillen, der sie selbst überrascht.

## Verrat

Ich glaube, sie kann sich die Welt nicht ohne sich vorstellen, wahrscheinlich vermag das kein Mensch! Hin und wieder lacht sie sogar, hält jedoch erschrocken inne, sobald sie ihren „Irrtum" bemerkt. Als sei ihr Lachen ein Verrat an dir. Aber der „Verräter" bist du! Unfassbar schleicht sich manchmal leise Wut in unsere Trauer. Du bist einfach gegangen, hast dich ohne Vorwarnung davongemacht. 56 Jahre mit Ma, 52 Jahre als Vater - bedeutungslos. Mein Verstand weiß, dass eine Infektion von dir Besitz ergriffen hat und dich zwang, wozu du niemals imstande gewesen wärest: Die Menschen zurückzulassen, die dir am meisten bedeuteten. Von Floskeln wie der von ewigwährender Liebe, dauerpräsent in Todesanzeigen, fühle ich mich verhöhnt. Der Tod setzt aller Bindung ein brutales Ende! Du kannst nicht mehr lieben, denn es gibt dich nicht mehr, und uns Lebenden fehlt das Objekt, denn du bist tot, tot, tot!
*Mich* berührt hingegen dieser Satz: „Die Erinnerung ist ein Paradies, aus dem wir nicht vertrieben werden können". Obwohl überstrapaziert und etwas kitschig, passt er zu unserer gemeinsamen Leidenschaft des Zurückschauens.

# Im Rückspiegel der Erinnerung

*Wir stehen auf der schmalen Schleusenbrücke in Zieverich. Fast bleibt mir die Luft weg angesichts des tosenden weißen Wassers unter uns. Ergriffen und geängstigt schließe ich die Augen. „Papa Arm!" Du trägst mich hinüber. „Warum ist das Wasser manchmal weiß und dann wieder blau?", frage ich dich, als ich auf der anderen Seite der Brücke wieder sicheren Boden unter den Füßen spüre.*

Wir beide über dem tosenden Wasser. Der Schlachtruf „Papa baden!", deine als Rutschbahn zweckentfremdeten Schienbeine und der Tag, an dem du mir Oskar, den freundlichen Polizisten kauftest, sind meine ältesten Erinnerungen an dich. Sie sind sicher in mir geborgen, wie die Melodie deiner Sprache und deine Stimme. Ganz deutlich höre ich ihren Klang. Hochdeutsch mit rheinischer Einfärbung, nie aufgeregt. In sicherer Erinnerung habe ich auch das schlaffe Überbleibsel eines vor vielen Jahren von Ma ausgedrückten Grützbeutels auf deinem Rücken. Oder die kleine Narbe, die erst in den letzten Jahren im Zuge nachlassender Haarpracht sichtbar wurde, deinen Hinterkopf aber sicher schon seit deiner Kindheit ziert. Vielleicht war sie ein Relikt eurer Schlachten im Bethlehemer Wald, wo ihr den Krieg nachgespielt und im Himmel angestrengt nach Fliegern Ausschau gehalten habt. Ein Vierteljahrhundert später hast du mir im Bethlehemer Wald den Baum mit euren eingeritzten Inschriften gezeigt. Ein Vierteljahrhundert später sind wir im Winter den „Huddeletum" heruntergerodelt, einen Hügel zwischen dem ehemaligen Kloster Bethlehem und Bergheim gelegen, der in den Achtzigerjahren dem Tagebau zum Opfer fiel. Manche Details deines Körpers bringe ich mir hingegen immer wieder bewusst ins Gedächtnis – aus Angst, sie sonst zu vergessen. War die „Pocke" am rechten oder linken Handgelenk und in welchem Augenwinkel befand sich die kleine Stielwarze?

## Im Städtchen

Ich liebe die Zeit zwischen Sonnenuntergang und völliger Dunkelheit, vielleicht, weil dunkelblau meine Lieblingsfarbe ist. An einem Abend im Spätfrühling mache ich mich zur „blauen Stunde" auf den Weg durch Bergheim. Bevor ich das „Städtchen" durch das Aachener Tor betrete - das wir als Motiv für deine Trauerkarte ausgewählt haben - wandert mein Blick hinauf zu den vergitterten Fenstern mit ihren schwarzgelben Läden.

*„Vor langer Zeit war hier ein Gefängnis", erzählst du mir auf einem unserer Spaziergänge. „Da saßen die Verbrecher und Halunken bei Wasser und Brot." Was das Brot betrifft, finde das gar nicht so schlimm, denn ich liebe Brot. Nur Wasser zu trinken, stelle ich mir hingegen traurig vor. Am liebsten trinke ich Apfelsaft.*

Ich schlendere durch die Fußgängerzone, vorbei an dem alten Haus, in dessen unterer Etage früher das Reisebüro Volles war, wo wir unsere Sommerurlaube buchten. „Mama, ruf doch mal an, vielleicht sind die Flugtickets schon da", drängte ich in meiner Vorfreude. Und dann waren sie endlich da, drei kleine rechteckige Heftchen, darin die Tickets in Original und Kopie, dazu noch eine Broschüre mit Reisetipps. Ich beschnupperte die Unterlagen ausgiebig, sie rochen nach Urlaub und großer weiter Welt.

Hinter der Kleinen Erft mache ich Halt an dem Platz, wo früher die Stadthalle und der Brunnen standen, dessen kraftvoll heraussprudelnde

Fontänen ich als Kind das „weiße Wässerchen" nannte. An die Stelle der alten Stadthalle ist vor vielen Jahren das Medio.Rhein.Erft, ein Kulturzentrum in schreiendem Grün, getreten. Am Rathaus vorbei, auf dessen Eingangsstufen vor beinahe hundert Jahren dein Vater mit seinen Beamtenkollegen für ein Foto posierte, gelange ich in die Schützenstraße. Ich bleibe vor dem streichholzschachtelartigen, dreigeschossigen Haus stehen, wo ich köstliche blassrote Dosen-Erdbeeren und Salzstangen essen durfte, so viel ich wollte und niemand schimpfte, wenn meine klebrigen Hände anschließend Kontakt zu den Tapeten aufnahmen. Es war Omas letzte Wohnung.

Ich gehe zurück in die Fußgängerzone und finde mich vor „Campo", der Eisdiele, wo das Eisbällchen im Hörnchen gefühlte Ewigkeiten zwanzig Pfennige kostete. Manchmal jedoch gönnten wir uns an einem der wackeligen kleinen Tischchen mit den dunkelroten Holzstühlen einen Eisbecher. Inventar und Möbel sind längst einem moderneren Outfit gewichen, geblieben ist die bescheidene Atmosphäre eines Eissalons der Wirtschaftswunderjahre und die Wanduhr mit dem eingravierten Schriftzug „Campo Bagatin". „Campo" - niemand wusste, ob das ein „Künstlername" oder sein wirklicher Name war - ist vor einigen Jahren gestorben und seine Frau in die Dolomiten zurückgekehrt. Heute führt seine Tochter das Geschäft. „Wie geht es den Eltern?", hat sie mich vor einigen Wochen gefragt, als ich für Ma und mich zwei Spaghetti-Eis holte. Hast du Ma bei ihren ersten Besuchen in Bergheim zu einem Eis bei Campo eingeladen?

Wenige Meter hinter der Eisdiele gibt es noch immer das Fotogeschäft

Maaßling. Als ich 11 Jahre alt war, kauftest du mir eine Sofortbildkamera. Es war ein warmer, sonniger Samstag im Mai und beim Frühstück hattest du gesagt: „Liebchen, du fotografierst doch so gerne. Wie wäre es, wenn du es mal mit einer Sofortbildkamera ausprobierst?" Als ich 18 wurde, ließ ich mich auf Mas Wunsch bei Maaßling fotografieren. Ich kenne kaum jemanden, der weniger fotogen wäre als ich. Herr Maaßling aber verstand sein Handwerk und schlug vor, das Bild – es gefiel mir durchaus - ins Schaufenster zu stellen. Wie peinlich wäre das gewesen! Ich lehnte ab, was Ma nicht verstand.

Ich verlasse das „Städtchen" wieder durch das Aachener Tor. Eigentlich war ich mit Ma viel öfter dort als mit dir. Zusammen gingen wir nachmittags „Besorgungen" machen, aßen nach langen Schultagen mittags im Hähnchengrill oder stöberten durch das Kaufhaus Horten, das längst Bergheimer Geschichte ist. Als wärest du für die Erft- und Waldspaziergänge und sie für die Stadt zuständig gewesen. Vielleicht lag es daran, dass du „vom Land" warst und sie aus der Stadt.

Wenige Minuten später passiere ich das Gelände der Kreisverwaltung, das mir noch etwas aus deinem „Zuständigkeitsbereich" ins Gedächtnis ruft, denn hier befand sich zu meiner Kindheit eine große Freifläche: Der Kirmesplatz.

*„Papa, komm schnell!" Am langen Arm ziehe ich dich durch den kühlen Sonntagmorgen zu den Karussells. Vor allem die „Raupe" hat es mir angetan. Sie fährt vorwärts und rückwärts und auf dem Höhepunkt der Geschwindigkeit schließt sich über den kreischenden Fahrgästen ein Verdeck. Einmal kaufst du*

*mir am Ende eines Kirmesvormittags – vielleicht, um mir den Abschied von der Kirmes zu versüßen - ein Fläschchen bunte Liebesperlen, an dem eine kleine Rassel und ein nacktes, kinderdaumengroßes Plastikpüppchen befestigt sind. Ich taufe das Püppchen Wulle Wulle.*

# Friedhof 1

Weithin erkennbar ragen die Stelen wie gestapelte Bienenkästen in den blauen Himmel. Beim Näherkommen wandeln sie sich zu steinernen Schränken, deren polierte Granittüren die Trauer kalt an sich abperlen lassen und mich in meiner Verlorenheit spiegeln. Ich möchte meine Kerzen und Blumen nicht auf dem gepflasterten Rechteck, von uns „Abwurfstelle" genannt, ablegen, sondern graben, pflanzen und mich an einer Stelle niederknien, die nur deiner gedenkt. Als gäbe es tief in mir verborgen eine Energie, die sich abarbeiten und neu ordnen möchte. Vielleicht ist Grabpflege das „Nesteln" der Hinterbliebenen.

Ich beneide die Angehörigen, welche die Erdgräber ihrer Toten liebevoll mit Pflanzen, Laternen und Steinen dekorieren, während ich einen mickrigen Blumenstängel aus meinem Garten in das dürftige Glasröhrchen an deiner Stele fädele.

„Papa, zu dir passt die Stele auch nicht", spreche ich zu deinem Foto auf der Gemme. „Ein halbes Jahrhundert hast du im eigenen Haus gewohnt und jetzt steht deine Urne in einem „Kningstall". Früher hast du die schließfachgroßen Wohnungen in Hochhäusern, in denen die Menschen zusammengepfercht lebten, 'Kaninchenställe' genannt, weißt du noch?"

„Ich habe mich eben kleiner gesetzt", würdest du sagen, wenn du noch etwas sagen könntest. „Und du hast keinen Brassel mit der Grabpflege. Es ist nicht schön, wenn Unkraut auf dem Grab wuchert."

„Es ist kein Brassel, ich würde es gerne machen, Papa. Denkst du, auf mich ist kein Verlass? Selbst wenn sich mal ein Unkraut zeigt; ist dir wichtiger, was die Leute denken oder was deine Tochter fühlt?"

Irgendwann würdest du einlenken. "Wenn es dir so wichtig ist, Liebchen, ziehe ich um, aber nur zusammen mit Ma."

Du gehörst unter die Erde oder ganz woanders hin, geht es mir beim Verlassen des Friedhofs durch den Kopf und meine Gedanken wandern zur nahen Erft und dem Porzellandöschen mit den kleinen grauen und sehr kleinen weißen Splittern zuhause in meiner Wohnzimmervitrine.

## Sommer

*Wir machen eine Kreuzfahrt. Mas Eltern sind auch dabei. Ich stehe dir gegenüber. Du trägst einen beigefarbigen Anzug. Schluchzend umarme ich dich. Du streichst meinen Rücken und sagst: „Ja, das letzte Jahr war ein schweres Jahr, Liebchen."*

Ich fliege mit Hanno nach Portugal. Als wir uns dem Flughafen Köln/Bonn nähern, erinnere ich mich an unsere gemeinsamen Reisen, die hier ihren Anfang nahmen. An die vielen Male, als ihr mich hier abgeholt habt – meistens kam ich aus Israel - und die Male, die ich in der Ankunftshalle auf euch gewartet habe. Nach dem Start - natürlich habe ich einen Fensterplatz - schaue ich hinunter auf das Land, in dem du so lange gelebt hast und gestorben bist. Irgendwo da unten steht winzig klein die Stele mit deiner Asche. Es ist meine erste Reise, die du nicht in Gedanken begleitest und von der ich dir nicht mehr erzählen kann. Trotz meiner Traurigkeit genieße ich den Urlaub. Unser kleines Hotel ist ein renovierter Herrensitz aus dem 18. Jahrhundert, eingebettet in die Hügellandschaft Nordportugals mit Blick über den Minho bis zum Meer. Ein bisschen überrascht mich, dass es das Leben jenseits der Intensivstation noch gibt, dass jenseits von Pflegestufen, Prospekten zum Betreuten Wohnen und Medikamentenlisten hinter Alpen und Pyrenäen noch immer die hellen Länder des Südens warten. Ich hätte dir eine Flasche Alvarinho-Weißwein aus Portugal mitgebracht.

*Ich sitze dir mit Hanno gegenüber. Du machst eine Grimasse, nicht das klassische „Schäfchen" mit über die Frontzähne gespannter Oberlippe und schiefgelegtem Kopf. Auch nicht die „Pfeif" mit gekräuselten Lippen, Nase und Stirn und den groß glotzenden Augen, sondern etwas Neues, aber dennoch vertraut Wirkendes. „Schade, dass du meinen Vater kaum kennengelernt hast", sage ich zu Hanno.*

Im letzten Sommer haben wir zusammen den Efeu an eurer Hauswand gestutzt. Du bist sogar ein paar Stufen auf die Leiter geklettert, um den höher gelegenen Ranken beizukommen. Und wir waren noch einmal im Freibad! Eigentlich wolltest du nicht ohne Ma gehen, die sich nach ihrer Rücken-Operation noch nicht ins Wasser traut. Schließlich überzeugte ich dich und so steuertest du die „heilige Kuh" langsam zum Oleanderbad in Quadrath. Die ersten Bahnen fielen dir schwer, aber dann ging es immer besser.

*Ma ist für einige Tage auf einer Fortbildung. Abends fahre ich mit dir ins Bergheimer Freibad. Ich hüpfe vergnügt durchs Nichtschwimmerbecken, in meiner Hand das Wulle-Wulle, das winzige Püppchen von der Kirmes. In einem unachtsamen Moment entgleitet es mir. Schnell laufe ich auf meinen kleinen Beinen zum Schwimmerbecken, wo du deine Bahnen ziehst. „Papa, ich habe das Wulle Wulle verloren!" Wir suchen das Becken nach dem Püppchen ab, aber es ist auf Nimmerwiedersehen verschwunden, wahrscheinlich in der Kanalisation. Einige Tage später frage ich dich: „Wo ist das Wulle Wulle jetzt?"*
*„Also, wenn es wirklich in den Abfluss geraten ist, fließt es jetzt durch viele Rohre in die Erft." „Und dann?"*

An einem heißen Julimorgen gingen wir einkaufen. Den Zettel hatten wir zuhause vergessen, aber am Ende fehlte nur Mas „Erzherzog Johann Käse". Nach dem Stopp beim Getränkemarkt drängte es dich nach Hause.
„Pa, ich wollte gerne noch mit dir auf einen Kaffee in den Angelpark."
„Ich möchte ja schon! Aber die Ma tut mir leid, mit ihren Schmerzen so lange allein zuhause."
„Ma ist krank, ich weiß, aber es sind auch deine letzten Jahre, denk mal an dich. Und an mich. Ich möchte Zeit mit dir verbringen, mit dir allein."
„Das ist lieb."
Wir setzten uns an einen der Biergartentische direkt neben den Fischteichen. Am Nebentisch unterhielt sich ein älterer Mann mit einigen Kindern, offenbar Flüchtlinge, die er zu Ferienbeginn auf eine Limonade eingeladen hatte. Wir sprachen über Merkels Asylpolitik und du erkundigtest dich nach meiner Arbeit mit den Flüchtlingen. Bis zuletzt hat dich das Weltgeschehen interessiert und zusätzlich zur morgendlichen Zeitungslektüre informiertest du dich fast täglich bei Spiegel Online über das Weltgeschehen.
Apropos Politik; was ist wohl aus „Leonid Breschnew" von der Intensivstation geworden? Ob er noch lebt?

Wenn ich Ma von einem ihrer Krankenhausaufenthalte abhole, ist unsere Stimmung oft beschwingt und wir kehren bei Mc Donald's ein, um den ihr früher immer einen Bogen machtet. Jetzt bestellt sie sich mit wachsender Begeisterung große Pommes mit einem Latte Macchiato.
„Wenn Pa wüsste, was aus dir geworden ist", scherze ich und wir

schmunzeln.

Bei einer Radtour mit Hanno entdecke ich in Kaiserswerth einen Biergarten, direkt am Rhein. Bei nächster Gelegenheit mache ich mit Ma einen Sonntagsausflug dorthin. Ich setze sie mit ihrem Rollator am überfüllten Biergarten ab und suche mir einen Parkplatz. Als ich zurückkomme, winkt sie mir fröhlich von einem der Tische zu.

„Ich habe geguckt, an welchem Tisch die Leute ihr Portemonnaie zücken und dann eiskalt zugeschlagen", berichtet sie verschmitzt.

In diesen Momenten bin ich sehr stolz auf Ma und in meiner Fantasie ziehen wir los, Mutter und Tochter, entdecken das Leben noch einmal neu. Mit Ma teile ich meine Begeisterungsfähigkeit, die du „Attraktion" nanntest, sowie meine Freude an tiefgehenden Gedanken und Gesprächen. Zum ersten Mal bin ich traurig, nicht mehr Zeit mit *ihr*, die so überpräsent in meinem Leben war, verbracht zu haben. Wie schrecklich wird es sein, auch sie zu verlieren und ohne ein Elternteil von der Trauerfeier zurückzukehren!

## SpurenSuche 2

Beim Aufräumen entdecke ich eine CD - „Geschichte zum Hören: 1952". 1952 - in diesem Jahr bist du volljährig oder, wie ihr Jungen damals sagtet, „großjährig" geworden! Helgoland war wieder unter deutscher Verwaltung, Stalin wollte die Wolga umleiten, in der DDR wurden die Länder aufgelöst und in der Bundesrepublik feierte die Tagesschau Premiere. Für einige Tage bilden das rheinisch eingefärbte Deutsch Adenauers und Ulbrichts sächsisches Gefistel die Kulisse zu meiner Morgengymnastik. Ihre Stimmen sind lange verstummt, gerade treten ihre Enkel ab. Kurz nach dir sind Helmut Kohl und Heiner Geissler gestorben, auch dir verdankt der eine seine langen Kanzlerjahre und der andere drei Jahre als Familienminister. Sagt dir der Name Peter Müller etwas? 1952 wird die Boxerlegende, auch „Müllers Aap" genannt, lebenslänglich für den Boxkampf gesperrt, weil er den Ringrichter k.o. geschlagen hat.

Ich betrachte mich im Spiegel. Äußerlich scheint es, als hätte ich ausschließlich dich beerbt. Abgesehen von kleinen Details wie der Rinne zwischen Nase und Oberlippe, von uns „Schnotterstraße" genannt, die bei mir kürzer geraten ist, und der etwas dunkleren Hautfarbe, schaut mich eine jüngere weibliche Version von dir an: Groß und schlank, blonde, leicht gewellte Haare, vor allem aber blaue Augen mit sich im Laufe der Jahre immer stärker ausprägenden Schlupflidern. Manchmal glaube ich sogar, Oma wiederzuerkennen. Wenn ich mich dem Spiegel aus der anderen Zimmerecke nähere, sehe ich sie auf dem Foto an der Juister Strandpromenade vor mir, so sehr ähnelt sich unser Gang.

Jenseits der Äußerlichkeiten eint mich mit dir der entspannte, jedoch nicht verschwenderische Umgang mit Geld und mein schwach ausgeprägter Wunsch nach Perfektion. Ich heimwerke nur selten und würde mir den „Spaß an der Freude" nie mit langwierigen Vorarbeiten zerstören oder mich in endlosen Details verzetteln. Halb Kaputtes repariere ich nicht, lasse es nicht reparieren - „dat tut et noch" - und tausche es erst aus, wenn „et et nicht mehr tut". Auch mein Blick schweift, auf der Suche nach Flugbewegungen oder vorbeiziehenden Wolken, oft in den Himmel. Schließlich haben wir eine gewisse Konfliktscheu und Bescheidenheit gemeinsam; vielleicht hängt beides zusammen. Ob es sich um äußerliche oder charakterliche Ähnlichkeiten handelt, immer erfüllt mich ihre Entdeckung mit Stolz.

## 278

An einem Herbsttag finde ich im Keller eine Kiste mit Briefen, manche von ihnen sind mehr als 40 Jahre alt. Wie der Brief, den du mir in den Südtirol-Urlaub geschrieben hast, um mich zum Bleiben zu bewegen, wo mich einmal mehr das Heimweh fortzureißen drohte. Beim Durchsehen der Smartphone-Alben stoße ich auf die Fotos, die ich auf der Intensivstation von deiner Krankenakte gemacht habe. Es ist seltsam, darin zu lesen, wo es dich seit fast einem Jahr nicht mehr gibt. Ich durchstöbere die alten Fotoalben in eurem Wohnzimmerschrank. Schwarz-Weiß-Bilder, die ältesten noch mit gezacktem Rand, zeigen dich als mageren Jüngling im Eifel-Zeltlager, im Kreis von Mitschülern der Höheren Handelsschule und mit Eltern und Schwestern im Garten. Die pergamentenen Trennseiten rascheln bei jedem Umblättern. Eigentlich zum Schutz der Fotos gedacht, verhindern sie eine Reizüberflutung des Betrachters, ermöglichen allerdings einen ersten, verschwommenen Blick auf die nächste Seite, was wiederum die Spannung steigert. Mit den Wirtschaftswunderjahren wandelst du dich in einen etwas volleren, aber immer noch schlanken Mann, der sich auf der Weihnachtsfeier der Ichendorfer Glashütte amüsiert oder mit seinen Kumpeln Karneval feiert. Diesen Menschen, gesellig und scheinbar stets in großer Runde, habe ich nicht kennengelernt. Einige Alben und viele raschelnde Trennseiten weiter - du warst ein fleißiger Fotograf - gelange ich zu den ersten Farbbildern. Stolz lehnst du an deinem VW-Käfer, die rechte Hand auf den Kotflügel gestützt. Gerade möchte ich das Album zuklappen, als mein Blick auf das Nummernschild fällt. Ich traue meinen Augen nicht:

BM-F-278. Die Zahl, die du nach dem Erwachen aus dem Koma immer wieder genannt hast, war vor fast 60 Jahren Teil deines Autokennzeichens!

Als ich das Album in den Schrank zurückstelle, entdecke ich im Regal darüber „Grimms Märchenbuch". In meiner Kindheit zierte es ein Schutzumschlag mit einer aquarellierten Märchenszene, nun präsentiert es sich „nackt" in rotem Leinen und gelber Schrift.

*Da lief Gretel zum Hänsel, machte ihm sein Türchen auf und rief: „Spring heraus, Hänsel, wir sind erlöst!" Und Hänsel sprang heraus wie ein eingesperrtes Vöglein aus dem Käfig springt, wenn ihm das Türchen geöffnet wird. Sie weinten vor Freude und küssten einander herzlich. Das ganze Häuschen aber war voll von Edelsteinen und Perlen, damit füllten sie ihre Taschen, gingen fort und suchten den Weg nach Haus. Sie kamen aber vor ein großes Wasser und konnten nicht hinüber. Da sah das Schwesterchen ein weißes Entchen hin und her schwimmen, dem rief es zu: „Ach, liebes Entchen, nimm uns auf deinen Rücken." Als das Entchen das hörte, kam es geschwommen, trug Gretel hinüber und hernach holte es auch Hänsel. Danach fanden sie bald ihre Heimat. Der Vater freute sich herzlich, als er sie wiedersah, denn er hatte keinen vergnügten Tag gehabt, seit seine Kinder fort waren.*

## Weihnachten

*Den Heiligabend-Nachmittag verbringe ich bei Oma Fabry, während ihr zuhause den Weihnachtsbaum schmückt. Wir schauen „Wir warten aufs Christkind" und dann ist die erste Bescherung. „Dat Kind soll nicht so lange auf die Geschenke warten." Das schönste Geschenk, das ich von Oma bekommen habe, vielleicht das schönste überhaupt, ist eine Puppe, das Kullertränchen. Wenn man seinen Arm nach unten drückt, zieht es ein Schnütchen und aus den Augen kullern Tränen. Aber das ist noch nicht alles: Es kann trinken und sogar pinkeln! Wenn ihr mit dem Schmücken fertig seid und „der Baum brennt", holst du uns ab. Gespannt muss ich mit Oma noch kurz in der Küche warten, dann erklingt ein Glöckchen; ein Zeichen, dass das Christkind das heilige Zimmer verlassen hat und in den Himmel entschwebt ist. Aus der Musiktruhe erklingt das kaschubische Weihnachtslied und ich glühe vor Aufregung bis alle Geschenke ausgepackt sind. Als ich später erschöpft ins Bett sinke, sagt Oma wie in jedem Jahr: „Lass ens kaate" und ihr spielt bis Mitternacht abwechselnd Herzblättchen und Sechsundsechzig. Ich bin zehn Jahre alt, als Oma stirbt. Fortan gehen wir jedes Jahr vor der Bescherung zum Friedhof.*

Heiligabend treffen wir meine ehemalige Sandkastenfreundin Regina mit ihrer Mutter Ursula bei den Urnenstelen. Ihr Vater, einige Jahre älter als du, ist bereits vor drei Jahren gestorben. Auch ihr Eltern kanntet euch seit Kindertagen. Ursula (wir sprachen in der Familie immer nur als „Ursula" von ihr) war mit deiner Schwester Marlene in eine Klasse gegangen, später habt ihr euch als stolze Hausbesitzer am Akazienweg wiedergetroffen und nun an diesem letzten Ort.

Etwas förmlich reichen wir uns zur Begrüßung die Hände.

„Unsere Väter sind auch im Tod Nachbarn geblieben". Ein besserer Einstiegssatz fällt mir nicht ein.

„Das stimmt", meint Regina lächelnd. Sie versteht meinen Humor.

„Wie geht es deiner Mutter, man sieht sie gar nicht mehr?", erkundigt sich Ursula, die ich natürlich Frau Abels nenne. Eine hagere alte Frau ist sie geworden mit weißem Pagenschnitt, aber noch rüstig. Mit Mitte achtzig wirkt sie fast vitaler als in ihren Vierzigern, als sie ständig kränkelte, weil sie mit drei Kindern und der Pflege der Schwiegermutter überfordert war.

„Nicht gut, sie hatte zwei Rücken-Operationen und leidet unter ständigen Schmerzen."

„Ach, Annette, wenn ich deinen Vater traf, war er immer so besorgt um die Mutter!" Ursula klingt bekümmert.

Unweigerlich kommt mir das Wort „kaputt" in den Sinn, dass du am Tag deiner Krankenhauseinweisung immer wieder hervorbrachtest. Vielleicht beschreibt es in seinen beiden Bedeutungen, nicht funktionieren und erschöpft sein, deine Verfassung besser als jede Krankenakte.

# Friedhof 2

Nur selten besuche ich den Friedhof, denn ich fühle mich fehl am Platz, nur vor deinem „Kningstall" zu stehen und dein Foto zu betrachten. Ich schaue mich um. An vielen Stelen finden sich die Namen ehemaliger Nachbarn und Bekannter. Eine Reihe weiter liegt – eigentlich müsste es heißen „steht" – die Asche von Mas letztem Chef sowie deines Kegelbruders Hans. In einem älteren Abschnitt schauen mich von ihren Fotos meine ehemalige Religionslehrerin Zimmermann und Frau Görs an, die Mutter meiner Kindheitsfreundin Ellen. Ich höre sie auf mein Klingeln hin mit ihren Holzclogs die Treppe herunterhüpfen, immer lauter wird ihr „klappklapp, klappklapp".

Einmal beobachte ich von der Bank vor der „Blumen-Abwurfstelle" einen alten Mann auf seinem Elektromobil. Langsam fährt er an jeder einzelnen Stele vorbei, hält immer wieder an, um einen Blick auf Namen und Fotos zu werfen. Er wirkt um einiges älter als du, was an seiner Fortbewegungsart liegen mag. Sicher ist er ein alter Bergheimer. Ob er dich gekannt hat? Als er wenig später etwas orientierungslos mit seinem Gefährt auf dem Hauptweg steht, spricht ihn ein jüngeres Paar an.

„Haben sie sich verfahren?"

„Wiesu datt dann?", erwidert er irritiert. Sein rheinischer Singsang weckt in mir ein Gefühl von Heimat und erinnert mich an eine Begegnung, von der du mir kurz vor deinem Tod erzählt hast: Im „Städtchen" hattest du einen ehemaligen Klassenkameraden getroffen. „Na Jerhard, bis du och ens dement?", fragte er dich allen Ernstes. „Noch nedd ens", wirst du ihm geantwortet haben, denn das entsprach der Wahrheit.

Irgendwann erhebe ich mich von der Bank an der „Abwurfstelle". Im Laufe der Monate spaziere ich alle Wege des Friedhofes ab, entdecke auf einer Wiese das Grab meines Erdkundelehrers, in den ich mich als 15-Jährige verguckt hatte, stoße auf das liebevoll umfriedete Urnengrab unserer langjährigen Friseurin Gaby und das von Herrn Schlegelmilch, dem Trainer des Turnvereins. Alle fürchteten seinen Jähzorn und oft teilte er mit hochrotem Kopf unter den älteren Jungen Ohrfeigen aus. Als in den Achtzigerjahren Verstorbener hat er seine letzte Ruhe noch klassisch im Sarg gefunden. Wie Oma. Leider ist das Grab deiner Eltern längst eingeebnet und ich habe nur noch eine vage Vorstellung, wo es lag. Deinen Stelenplatz haben wir für 30 Jahre erworben. Dann werde ich eine alte Frau oder nicht mehr sein.

Ich finde die Namen von Eltern ehemaliger Klassenkameraden und das Grab eines früh verstorbenen Mädchens aus der Nachbarschaft. Es ist, als zöge zwischen den Gräbern, Stelen und Wiesen mein ganzes Leben an mir vorüber. Als wäre der Friedhof Hüter meiner Erinnerungen, erzählte mir Geschichten, aufgereiht auf einen Faden, der niemals reißt. Heimat.

Über allem thront fast majestätisch die Pfarrkirche Sankt Remigius. Sie war Schauplatz meiner (und sicher auch deiner) ersten Kommunion und Omas Trauerfeier. Plötzlich summe ich die Melodie eines Kirchenliedes, das wir damals - ihren Sarg vor Augen - sangen. Zuerst durchbrechen einzelne Worte, schließlich ganze Sätze die schmale Schranke zwischen Vergessen und Erinnern.

*Tausendmal begehr ich Dein, Leben ohne Dich ist Pein. Tausendmal seufz ich zu Dir: O Herr Jesus, komm zu mir!*

Irgendwann ist die Kirche mit ihren Liedern aus unserem Leben verschwunden. Niemand hat sie vermisst.

## Silvester

Zu deinem letzten Jahreswechsel war ich mit Lea und Tabitha zum Essen gekommen.

„Ich glaube, das ist unser letztes gemeinsames Silvester", hast du beim Tisch-Abräumen zu mir gesagt. Niemand hätte gedacht, dass du derjenige bist, der geht. Du, der immergesunde Fels in der Brandung. Ma, obwohl sechs Jahre jünger, sie ist die Kranke, Gefährdete! Unser Familienskript sieht nicht vor, dass dir etwas zustößt, bevor ihr etwas zustößt. Oder täusche ich mich? Hattest du eine Ahnung, wie es um dich steht, sorgtest dich vielleicht, was ohne dich aus Ma würde?

*Später im Wohnzimmer zündest du den Kamin an. Langsame aber sichere Hände bringen das Holz zum Glühen und bald leuchtet dein Gesicht im Schein der orangefarbenen Flammen.*

# Ein neues Jahr

2018: Das erste Jahr, das du nicht mehr erlebst.

In seinen ersten Wochen gehe ich manchmal in die Sauna. Einmal nehme ich deinen Bademantel mit. Er ist zu schade, nur als Andenken im Kleiderschrank zu hängen. Vorsichtshalber ziehe ich ihn nur aus, wenn ich durch die Kabinentür die Kleiderhaken im Blick habe. Ansonsten nehme ich ihn als Unterlage mit in den Schwitzraum. Ich darf ihn nicht verlieren! Niemals. Bald merke ich, dass ich mich mit so viel auf den Mantel gelenkter Aufmerksamkeit kaum entspannen kann und beschließe, ihn nur noch zuhause zu tragen.

Ich habe wieder mit dem Schreiben angefangen! Mein erstes Projekt ist eine Kurzgeschichte über eine deutsch-jüdische Familie in der Weimarer Republik. Fast unterläuft mir dabei ein Fehler, der dir sicher sofort aufgefallen wäre: Statt „Fraktur" bezeichne ich die in den Zwanzigerjahren übliche Druckschrift als „Sütterlin". Glücklicherweise bemerkt meine Autorengruppe den Irrtum, bevor ich einige Exemplare in Druck gebe.

Im März mache ich mit meiner Freundin Maria eine lang geplante und immer wieder verschobene Orientreise; die zweite Reise, von der ich dir nicht erzählen kann. Zuerst fliegen wir in den Libanon. In den späten Siebzigern, noch bevor ich mich für Israel begeisterte, war er mein Sehnsuchtsort, dessen Landschaft und Musik mich faszinierten. Ein Plattencover der libanesischen Sängerin Fairuz zeigte die Küste zwischen Beirut und Jounieh. Heute ist die Küste zersiedelt, aber noch immer atemberaubend. Von der Corniche aus können wir - die Realität toppt das Plattencover - an einem klaren Tag sogar die schneebedeckten Berge im Hinterland sehen!

Begleitet von Fairuz' Melodien warten wir eines Nachts auf dem Rafic Hariri Airport auf unseren Flug nach Amman. Übermüdet dämmere ich trotz der unbequemen Sitzbänke immer wieder weg. Irgendwann wechselt das Programm auf Lounge-Musik und die Klänge von „Don't cry for me Argentina" und „Ballade pour Adeline" versetzen mich von der ungemütlichen Wartehalle zurück in meine Kindheit.

*Oft läuten wir den Ferienanfang mit einem Essen im Horremer Balkangrill ein. Ma und ich bestellen Satarasch, du den Grillteller mit Djuvec-Reis – in den Siebzigern noch exotische Speisen. Während wir essen und die Vorfreude auf den bevorstehenden Sommerurlaub genießen, plätschert im Hintergrund zu Claydermans Klaviermusik ein kleiner Brunnen. Als Absacker gibt es Slivowitz für die Erwachsenen und eine Eiskugel für mich.*

Später, als wir immer häufiger getrennt verreisten, begingen wir unser Wiedersehen nach dem Urlaub mit einem Abend bei Platon, dem Griechen gegenüber von Sankt Remigius. Bis zuletzt haben wir unsere Geburtstage doppelt gefeiert; einmal zu dritt bei Platon und einige Tage später mit der ganzen Familie zuhause bei Kaffee und Kuchen. Seit deinem Tod mag ich nicht mehr dorthin gehen, es würde mich traurig machen. Zwei statt drei. Ich fürchte die unvermeidliche Frage Dimitris. „Wo ist der Vater?"

# Leben und Sterben gehen weiter

Im Frühsommer finde ich unter den Todesanzeigen Fritz' Namen, der sich solche Mühe mit dem Kondolenzschreiben gegeben hat. Die alte Riege tritt ab, aber das Leben geht weiter. Manchmal macht es mich traurig zu sehen, wie viel sich schon verändert hat, seit du nicht mehr bei uns bist. Jonas hat sein Studium beendet und ist jetzt Tourismusfachwirt; scherzeshalber sagen wir „Tourismusfachfürst" - du weißt doch, wir haben ihn als Kind immer den „Fürsten" genannt. Er hat im Reisebüro gekündigt, um eine lange Südostasienreise zu machen und danach eine Weile auf einem Kreuzfahrtschiff zu arbeiten. Lea studiert in Berlin Ich habe wieder mit dem Joggen angefangen und mich – schließlich bin ich auch nicht mehr die Jüngste – von anfangs fünf Minuten auf eine halbe Stunde gesteigert. Und Ma war im Freibad! Zum ersten Mal ohne dich! Sie ist mit ihrem Rollator ganz nah an den Beckenrand gefahren, die Stufen ins Wasser schaffte sie allein. Sie hat es mit Brustschwimmen versucht, die meiste Zeit bewegte sie sich jedoch senkrecht durchs Wasser, sodass es eher wie Wassergymnastik wirkte. Aber es hat ihr gutgetan und manchmal geht sie jetzt mit Frau Dischereit ins Schwimmbad. Dorthin und zum Einkaufen nimmt Ma den Rollator, nur in der Nachbarschaft möchte sie sich damit nicht zeigen. Gott sei Dank hat sie einen schönen Garten, so ist sie wenigstens hin und wieder an der frischen Luft. Ma könnte nicht mehr ohne Frau Dischereits Hilfe in ihrem Haus leben.

Ich habe begonnen, die Geschichte unserer letzten gemeinsamen

Wochen aufzuschreiben. Auf der nächsten Bonner Buchmesse Migration möchte ich zudem aus einer kürzlich verfassten Erzählung zum Thema Flucht lesen. Allerdings muss ich vorher noch einen Wettbewerb mit vermutlich großer Konkurrenz durchlaufen. Übrigens findet die Buchmesse im Haus der Geschichte statt, das dir immer so gut gefallen hat und das wir einige Male zusammen besucht haben.

## Letzte und erste Male

Im Herbst begebe ich mich auf die Suche nach Bildern aus deinen letzten Lebensmonaten. Irgendetwas bringt mich auf die Idee, auch auf meiner nur selten genutzten Digitalkamera nachzusehen und tatsächlich entdecke ich ein Foto, aufgenommen an Jonas' 24. Geburtstag in einem italienischen Restaurant in Sülz. Du sitzt hinter einem halbleeren Kölsch und schaust deinem Enkel beim Auspacken der Geschenke zu. Beim Rechtsklick auf „Erstelldatum" erschaudere ich: 1. März 2016, 18.10 Uhr. Auf die Stunde genau 364 Tage später hat dein Herz aufgehört zu schlagen! Die Szene beim Italiener ist mein letztes Bild von dir; zwar finde ich auf dem Handy noch einige Fotos von Heiligabend 2016, aber außer einem Oberarm ist nichts von dir zu erkennen. Stattdessen gibt es ein Bild unseres Katers Shir Khan, wie er mit enttäuschter Miene auf dem Stuhl hinter deinem leergegessenen Teller sitzt. Sicher hat er auf leckere Überreste des Festmahls gehofft.
Einige Wochen nach der Entdeckung des Fotos lassen wir Shir Khan einschläfern. Er hat eine Geschwulst im Maul und verliert immer mehr an Gewicht. Wir lassen auch ihn gehen, bevor sein Leben zur Qual wird.
Zum ersten Mal feiere ich meinen Geburtstag ohne dich mit Tabitha und Ma bei Platon. Dimitri fragt nicht nach dir. Entweder hat er uns nicht erkannt oder ist daran gewöhnt, dass Familien irgendwann nicht mehr vollzählig erscheinen und verhält sich diskret.
Kurz vor Weihnachten stirbt Herr Görres, euer Nachbar. Der Wendehammer lichtet sich und Ma nennt sich zum ersten Mal, halb im Scherz, eine „wohlhabende Witwe". Fast zwei Jahre nach deinem Tod bittet sie

mich, Brennholz für den Kamin aus der Garage zu holen. Bevor ich das Holz in den vorgesehenen Korb fülle, schaue ich mir die Zeitung darin näher an. Eine „Kölnische Rundschau" vom 31.1.2017. Vielleicht hast du an diesem Tag zum letzten Mal den Kamin angezündet. Wir aber erleben ein weiteres „erstes Mal", als nach mehreren vergeblichen Versuchen die Flammen im Kamin orangefarben auflodern.

## Zeitreise

„Zeit heilt keine Wunden", lese ich in einer Todesanzeige, „aber hilft, mit dem Unfassbaren zu leben." Es stimmt, nach fast zwei Jahren hat die Trauer ihre Spitzen verloren, selbst für Ma. Nach deinem Verlust und all den Umbrüchen und Veränderungen ist etwas Ruhe und Normalität eingekehrt. Immer wieder ertappe ich mich bei der Vorstellung, das Leben ginge nun ewig so weiter, obwohl es mich gerade eines Besseren belehrt hat. Die Zeit würde wie bei Dornröschen stillstehen, sich irgendwann vielleicht sogar rückwärts in Bewegung setzen. Du würdest wiederkommen, nach deinem Bademantel fragen, der mich an kalten Winterabenden wärmt, und mit Ma in dem weißen Haus am Wendehammer wohnen. Manchmal nachts, an der Schwelle zum Schlaf, setzt sich die Zeitreise weiter fort. Dann stehe ich wieder in dem gelben Telefonhäuschen. „Pa, kannst du mich abholen?" Wenig später erleuchten noch einmal die Scheinwerfer der „heiligen Kuh" den Regenvorhang des Horremer Bahnhofsvorplatzes. Zuhause lege ich mich wieder vor den Fernseher und du machst mir noch ein Butterbrot, ein „Buppa". Auf dem Bildschirm zetern die Schimpansen Judy und Toto unter den missmutigen Blicken des schielenden Löwen Clarence um die Wette, dann ist es Zeit für Dosenravioli und Vollbad. „Papa baden!"

# Flussreise

An einem Februartag nehme ich das Porzellandöschen aus der Wohnzimmervitrine und fahre an die Erft. Ich gehe an die „Zimmerchenbrücke", die seit einiger Zeit wegen Baufälligkeit gesperrt ist. Zu ihr gehört das Schwarz-Weiß-Foto, das mich als ungefähr Vierjährige zeigt. Ich bin mit Kopftuch, Strumpfhose, Rock und Herbstjäckchen gekleidet, mein Arm weist in Richtung unseres Bungalows und das Fenster meines „Zimmerchens".

*Unser letzter Spaziergang einige Wochen vor deinem Tod führt uns noch einmal an die Erft. Deine Schritte sind in der letzten Zeit langsamer und vorsichtiger geworden, aber deine Worte lassen wie eh und je die Geschichten der Häuser, ihrer Bewohner und Landschaften lebendig werden. Du erzählst von der Zeit, als dein Vater in der Erft badete. In Gedanken blättere ich in einem der alten Fotoalben. Das Bild ist sofort da: Ein junger Mann mit Nickelbrille steht von seinen Kameraden umringt in knietiefem Wasser, alle tragen Kaiser-Wilhelm-Badeanzüge.*

Deine Asche gehört in die Erft, den Fluss deines Lebens und deiner Vorfahren. Du hast mir Heimat gegeben an diesem Fluss, der durch ungezählte Erinnerungen und Geschichten auch zu meinem Fluss geworden ist.

Als Kind träumte ich einmal von einer Reise flussaufwärts bis zur Quelle. Den Flutkanal entlang ging es durch flaches Land bis zu einer

Steinmauer (in meiner Vorstellung endete auch das Meer an einer solchen Mauer), aus der das Wasser sprudelte. Dass die schnurgerade Linie der Erft nicht ihrem natürlichen Lauf entspricht, habe ich erst spät erfahren. Weder du noch dein Vater haben die Erft erlebt, als sie sich noch wild durch das Rheinland schlängelte. Natur und Landschaft haben niemanden in der Familie besonders interessiert. So erinnere ich mich nicht, dass wir auf unseren Spaziergängen Vögel oder andere Tiere beobachtet, Blumen gepflückt oder Pilze gesammelt hätten. Die Landschaft genügte uns als Kulisse unserer Geschichten und Erinnerungen.

Ich suche nach einem geeigneten Platz. Als ich ihn in der Nähe der „Zimmerchenbrücke", kurz vor der Mündung der Kleinen in die Große Erft, gefunden habe, bahne ich mir einen Weg durch die hohen Gräser der Uferböschung hinunter zum Fluss.

*„Papa, wo ist das Wulle Wulle jetzt?" „Also, wenn es wirklich in den Abfluss geraten ist, fließt es jetzt durch viele Rohre in die Erft." „Und dann?" „Dann kommt es nach einer Weile in einen anderen, größeren Fluss, den Rhein." „Was kommt danach?" „Die Nordsee, der Rhein fließt ja in die Nordsee." „Ist mein Wulle Wulle jetzt schon in der Nordsee?" „Ich glaube, dafür braucht es viele Monate." „Dann ist es aber zu Weihnachten dort, nicht wahr Papa!" Abends suchen wir im Autoatlas die Nordsee. „Guck, hier in Rotterdam fließt der Rhein ins Meer; wenn das Wulle Wulle da angelangt ist, steht ihm die Welt offen." Mir steht der Mund offen. „Was für ein Meer kommt danach?" „Der Atlantik." „Und dahinter", fügst du, das erneute Fragezeichen auf meiner Kinderstirn vorwegnehmend hinzu, „ist Amerika."*

Jetzt, ein halbes Jahrhundert später, ist es an dir, dich hinaus in die Welt treiben zu lassen. Ich öffne die Porzellandose. Vorsichtig streue ich Prise für Prise des grau-weißlichen Granulats in den Fluss, der es sofort aufnimmt und davonträgt. Die Erft riecht wie damals, als neben dir das kleine Mädchen im Sonntagskostüm hüpfte. Es liebte das Wasser in der Badewanne, im Schwimmbad und das „weiße Wässerchen" am Springbrunnen vor der Stadthalle. Nicht einmal das Meer fürchtete es. Vor der Schleuse in Zieverich aber, wo es toste und brauste, wurde ihm Angst und Bange, es streckte seine Arme aus und du trugst es über den schmalen Steg ans andere Ufer.